朱嘉雯 著

朱嘉雯經典小說思辨課3

三國大時代：三國演義

五南圖書出版公司 印行

朱嘉雯是「曹操迷」！——作者序

我是個熱愛文學的人，在文學的世界裡，凡是在評價上正反兩極化，個性很矛盾，而且行事具有極度爭議的人，其實都非常好看！

《紅樓夢》裡，粉雕玉琢，行動透著靈氣的賈寶玉，其實「腹內原來草莽」，而且「於國於家無望」。《水滸傳》把寨為頭的宋江，既是一代豪俠，卻同時也是個極世故、滑頭之人。《西遊記》那隻花果山紫雲洞八萬四千銅頭鐵額獼猴王，氣燄囂張、目無法紀、桀驁不馴！卻是在西行取經的路上，最為兢兢業業，而且使命感深重之人。

於是我們看到，任何具有表現張力的藝術形象，往往不能以一般的常理來詮釋，因此他們特別具有吸引力，吸引我們去探究這些人物生命裡巨大的反差，同時也在這反差之中，感受到「美」的多重樣貌。

曹操正是其中一例。而且他是三國系列敘事中，爭議最大的人物。僅僅有宋一朝，檯面上的人對曹操的評價就是兩極化。貴為至高無上的皇帝宋真宗，曾經下令重修曹操的廟宇，供奉他為神明。然而大詩人陸游卻說出「邦命中興，漢天下大討曹」這樣的話來。曹操是一代奸雄，卻又是非常傑出的軍事家和政治家，甚至於以文學聲名在外。在《三國演義》裡，十八路諸侯軍討伐董卓的時候，董卓手下的華雄無人能敵，是曹操愛才，一力提拔關羽上陣，才拿下一城。然而如此惜才的將領，卻偏偏好殺人。那與他世交的呂伯奢全家；那為了成全曹操自己說睡夢中好殺人而被殺害的士兵；那個被他借人頭一用的糧官王垕……教後世讀者怎麼想都覺得何其太冤！可是正當我們要痛罵他的時候，卻又發現他的詩歌實在太好！〈龜雖壽〉云：「老驥伏櫪，志在千里。烈士暮年，壯心不已。」用字遣詞充分展現了曹操自己的心境，真不愧為「四言詩之雄」！

雖然史書說他挾天子以令諸侯，在政治上走的不是儒家王道。但實際的情況可能是，當時具有實力的袁紹、孫堅、劉表等人成天只為爭天下而耗盡心力彼此算計。對於漢獻帝劉協卻完全不予理睬，最後讓劉協能夠活下去，並且日子過得很不錯的，只有曹操。是他在漢獻帝無依

作者序

無靠之時，伸出了援手，讓漢代末年的這個皇帝終於感受到一點點皇室的尊榮。而曹操這一輩子實際上都在為漢室征戰天下，最終也沒有稱帝。可見他重視的乃是身後名，怕背負篡漢的歷史罵名。但諷刺的是，世間流傳最廣的文本《三國演義》卻還是寫成了曹操的一部謗書。

可嘆歷史的疑團從未解密，而曹操始終毀譽參半。

目錄

第二單元　歷史地理‧等量齊觀

第四單元　忽勝忽敗．擒賊擒王　171

第一單元

書裡書外・肝膽相照

寫在疫情蔓延的時代

——解讀《三國演義》第一回

東漢建寧二年四月十五日，皇帝才剛剛登上了溫德殿的寶座，突然一陣狂風大作，滿朝文武君臣都感到驚駭莫名！沒想到此時屋梁上竟飛下來一條巨大的青蛇！這條青蛇直接竄上了龍椅，並盤桓在寶座上，將皇帝給活生生嚇得暈死了過去。左右侍從趕忙將皇帝抬回後宮急救……。

以上這幅驚人的景象，正是經典名著《三國演義》的開場畫面。當初作者設計這段大青蛇盤踞寶座的恐怖景象，背後的寫作意圖多少帶著一點迷信色彩，希望在字裡行間暗示讀者：漢朝已出現國祚不穩的亂象。畢竟當年漢高祖是從斬白蛇起義，進而擁有天下的。如今到了末世，小說家反其道而行，飛出一條青蛇來，便有預告亡國的跡象。只是這樣的設計，卻意外地吸引了讀者獵奇的閱讀興趣。大家一定很想知道皇帝是否被救醒過來？之後的故事又是如何呢？

原來這皇帝就是東漢靈帝，當他被抬入後宮時，文武百官也都嚇得四散逃離，就在這個時候，大青蛇不見了！但是沒等大家喘一口氣，天空突然雷聲大作！轟隆轟隆！使人震耳欲聾，驚魂不定！就在雷聲不斷的同時，天上降下了傾盆的豪大雨，雨勢之大，前所未有，雨過之後，又下冰雹！大塊大塊的冰雹一直落到深夜才漸漸停止。這一場驚天動地的冰雹，砸壞了房屋無數，損傷慘重到難以計數的地步。

《三國演義》一開頭的這場「震撼教育」，非常吸睛！雖然仍帶有災異讖緯的思想，卻已使讀者彷彿親身經歷般，感受到氣候變遷與大自然的威力！而事實上，在東漢末年，也就是西元一世紀末，北中國大地真的數度出現過重大的天災，包括：水災、旱災、蝗害、大地震等驚人的天然狀況。據歷史學家統計，東漢近二百年內，有一百二十年是出現天災的。氣候學家甚至指出，漢末有氣溫巨幅陡降，春夏之交還下霜雪等不正常的現象。這樣高比例的天然災害告訴我們：大自然既可以給予人類富饒的生活，同時也能隨時陷人於火海之中。此外，高頻率的自然災害也不斷地考驗著古人的政治智慧。皇帝是否能在災害發生後體恤百姓，罷免不當的官員；朝廷能否發揮賑災的應變能力，與施行有利於民的施政措施，凡此種種，才是維繫帝國命脈的關鍵。

羅貫中深諳此理，於是在開啟三國歷史之前，必須先談漢末的政治，在談政壇上的黨錮之禍與黃巾之亂以前，必須先鋪陳頻仍的天災。因為天災確實是一切人事變異的源頭。讓我們再回到《三國演義》

第一回的故事，在大冰雹之後，建寧四年二月，洛陽出現大地震，導致海水倒灌，沿海居民，盡被大浪捲入海中，民間家破人亡，妻離子散，已經到了慘絕人寰的地步。至六月初一，有一道高十餘丈的黑色氣團，飛入溫德殿。七月分，天空出現虹霓，隨即五原山岸，盡皆山石崩落，地表龜裂！種種不祥的現象，紛至沓來。地方上百姓生活疾苦，便引發了盜賊蜂起。

皇帝果然下詔詢問群臣諸多災異興起之由。當時有議郎蔡邕上疏表示，皇帝需得從宦官干政、小人掌權等問題上下手，才是振衰起敝之道。然而皇帝聽了這話之後，作何反應呢？他嘆了一口氣，便站起來，走進內室去上廁所了。很快地，蔡邕就被大宦官構陷入罪，免職放歸田里。時間迅速來到中平元年正月，大規模疫情突然如火燎原，瘟疫到處流行蔓延。有個名喚張角的人試著給患者散施符水，為人治病，又自稱「大賢良師」。這做善事本就不怕沒人知道，不過更重要的是，自取的名號要是愈出奇愈響亮，便愈能號召群眾。於是那張角便從徒弟五百餘人，雲遊四方，個個書符念咒開始，最後竟然聚眾三十萬！接著他將自己的名號改為「將軍」，並且教大家跟著他念一句簡單上口的標語：「蒼天已死，黃天當立。」於是四方百姓皆在頭上裹著黃巾，追隨張角起義造反，當時黃巾軍的人數一度高達五十萬！而漢朝的官軍看到這五十萬賊寇，竟都望風而靡……。

這就是三國時代的前傳，也是歷經四百多年的漢朝，逐漸走向衰亡的初期徵兆。一切起因可以追溯到氣候變遷與自然界的種種災害，以及那說來就來的大瘟疫時代，正是在這些時候，才考驗得出人類的智慧、人性的善惡，以及政治人物的抉擇。我們也必須站在這樣的角度，才能重新理解袁紹、曹操、劉備、孫權，乃至於周瑜、孔明等人的思想與作為，同時更重要的是，為我們今天這個時代，思考人類亙古長存而難解的諸多問題。

天下英雄——曹操的御下之術

《三國演義》第二十回，曹操手持漢獻帝的寶雕弓、金鈚箭射鹿，一箭射中，遂擋在天子之前以接受群臣高呼萬歲。這樣的欺君罔上！登時惹怒了關雲長，他挑起了臥蠶眉，睜開了丹鳳眼，提刀拍馬，準備斬殺曹操！

許田圍場事件之後，接下來一段平靜的日子裡，劉備只好窩在後院每天假裝很忙地挑水澆菜，藉此表明自己完全沒有野心，希望獲得曹操的信任。想起日前曾阻止關公逞一時之怒而欲擊殺曹操，劉備至今餘悸猶存！當時他唯恐殺害曹操不成，自身反而坐罪。這驚弓之鳥的心情還未平復，國舅董承又取衣帶詔來看劉玄德，玄德也不得不押上自己的名字，參與了密謀曹操的計劃。這就使得劉備的內心更加虛驚膽寒！整日壓力沉重！

正當內心惶惶不安之際，許褚和張遼率領數十人直接來到菜園裡，對劉備說：「丞相有命，請使君跟我們走！」劉備緊張得說不出話來，只能問道：「有要緊的事嗎？」然而許褚卻是一板一眼：「跟我們走一趟便是。」到了相府，曹操開口的第一句話又是：「你在家裡做得好大事啊！」把劉備嚇得面如土色！而曹操仍深不可測地笑著握起劉備的手對他說：「種菜不容易吧？」

劉備這才稍稍放下心來，回了一句：「閒來無事，消遣而已。」原來曹操的後花園是一片梅林，此時枝頭的梅子一顆顆青嫩可愛！令他想起了自己的得意之作。原來去年征討張繡的時候，將士們曾在路上缺水，每一個人都渴得不得了！當時曹操心生一計，以馬鞭指著前方，對官兵們說道：「前面有一座梅林！」將士們聽說之後，想起那青酸梅子的口感，頓時生出了唾液，在吞下唾液之後，就不那麼口渴了。

如今又到了青梅時節，曹操的聲勢已如日中天，他又想藉梅子來演一齣戲，上回是為了維繫官兵的忠誠，這一次卻是要試探劉備的忠誠。他邀請劉備來到小亭，桌上已設樽俎，盤置青梅，並有一樽煮酒。二人於是對坐暢飲。

酒至半酣，忽見天空陰雲漠漠，應是驟雨將至。一旁的隨從遙指天外陰雲現出龍象，曹操與玄德便憑欄觀看，當時曹操問玄德：「使君知龍之變化否？」玄德曰：「未知其詳。」操曰：「龍能大能小，能升能隱；大則興雲吐霧，小則隱介藏形；升則飛騰於宇宙之間，隱則潛伏於波濤之內。」這段話已足以抖洩劉備的韜晦之計。

接著曹操話鋒一轉，他說：「龍能夠乘時變化，就像人得志而縱橫四海。龍之為物，又可比世之英雄。」「英雄」是曹操今天說話的主題，讓他轉到正題上來，便直接問劉備：「玄德久歷四方，必知當世英雄。請試指言之。」而玄德只是一味推說不知。曹操只好換個問法：「無法定義的話，說出幾個名字來也可。」玄德此時只能極力隱藏自己，若是要吹捧別人的話，倒也無不可，畢竟將他人推上前線，也確是保護自己的方法之一。於是他開始列出名單：「淮南袁術，兵糧足備，可謂英雄。」操笑曰：「塚中枯骨，吾早晚必擒之！」玄德曰：「河北袁紹，四世三公，門多故吏；今虎踞冀州之地，部下能事者極多，可謂英雄。」操笑曰：「袁紹色厲膽薄，好謀無斷；幹大事而惜身，見小利而忘命：非英雄也。」玄德曰：「有一人名稱八俊，威鎮九州——劉景升可為英雄。」操曰：「劉表虛名無實，非英雄也。」玄德曰：「有一人血氣方剛，江東領袖——孫伯符乃英雄也。」操曰：「孫策藉父之名，非英雄也。」玄德曰：「益州劉季玉，可為英雄乎？」操曰：「劉璋雖係宗室，乃守戶之犬耳，何足為英雄！」玄德曰：「如張繡、張魯、韓遂等輩皆何如？」操鼓掌大笑曰：「此等碌碌小人，何足挂齒！」

玄德曰：「捨此之外，備實不知。」

曹操終於露出今日梅林相聚的王牌：「夫英雄者，胸懷大志，腹有良謀；有包藏宇宙之機，吞吐天地之志者也。」玄德曰：「誰能當之？」操以手指玄德，後自指曰：「今天下英雄，惟使君與操耳。」玄德聞言，吃了一驚，手中所執匙箸，不覺落於地下。恰好此時正值天雨將至，雷聲大作。玄德乃從容俯首拾箸曰：「一震之威，乃至於此。」操笑曰：「丈夫亦畏雷乎？」玄德曰：「聖人云：『迅雷風烈必變』，安得不畏？」劉備將聞言失箸的緣故，輕輕掩飾過了。

然而究竟是否真能掩飾得過去？這個問題只有曹操自己心裡清楚。《三國演義》第二十一回是一篇好文章，它讓我們在劉備的身上看見了「忠誠」二字背後其實還寫著：虛偽矯情與明哲保身。同時也教我們看清曹操是如何耍弄御下之術的，其對待行軍打仗的官兵，或許僅需玩個騙局；面對這位頂著皇叔尊號的劉備，則需要明示加暗示，在雲裡霧裡、真假難辨的話語中，讓劉備自己醒悟。「今天下英雄，惟使君與操耳。」其實曹操真正要說的話是：「你已經被我盯上了！不要作怪。」

《三國演義》是元末明初的一面鏡子！

面對《三國演義》首要人物的登場，大家定不陌生「桃園三兄弟」。然而事實上，作者在鋪陳出劉、關、張之前，實際上已經先寫出當時天下聞名的「黃巾三兄弟」。這就是清代評點家毛宗崗父子所云：「時鉅鹿郡有兄弟三人，此兄弟三人，引出桃園兄弟三人來。」而這一組先冒出頭來的兄弟們，乃是張角、張寶與張梁。若是沒有這三人在歷史舞臺上的頭角崢嶸、興風作浪，就斷然沒有後面的劉、關、張桃園三兄弟上場討伐黃巾賊。

毛氏評點在回前總批處說道：張角其實是個不得志的書生，於是他一氣之下，脫掉了儒生的頭冠，綁上一條黃色的頭巾，鐵了心不再以讀書人自居。有一天他上山採藥，突然遇見一位白髮蒼蒼的老人，這老人擁有一雙青綠色的眼睛，而且皮膚嬌嫩得如同嬰孩一般，手中拄著拐杖，將張角帶到一個山洞裡，然後拿出三卷天書來，一一將書中所說的道理傳授給他。老人說：「這書的名字是《太平要術》。你如今得到了這部書，就表示你將要代替上天宣傳教化以普救世人。如果你的心不夠虔誠，將來是要遭到惡報的！」而張角之所以能夠拿這個故事來說服當時的信眾，老人所說的最後一句話，無疑是很重要的。它表明了：張角並非有強烈的政治野心和企圖，他只是接受神仙的選派與囑託，並且不願意自己受到報應，所以他會盡力救助大家。在張角所說的故事裡，他也曾經問過老人的姓名。那老人的回答，更加強了人們對張角的向心力。因為這老人說：「我是神仙。我是南華老仙。」還不僅如此，我們現在閱讀《三國演義》時，甚至可以憑空看見張角繪聲繪影、指天畫地的生動演出：「老人剛一說完話，突然化作一陣清風，飄然而去！頃刻之間，已不見了蹤影！」

張角在距離今天一千八百多年前，憑藉著他上好的說書口才與唱作俱佳的演戲天分，一夕之間便打響了名號！他先是自稱「大賢良師」，後來又號「將軍」。在疫情蔓延的年代，他開始散施符水，為百姓治病。除了會演說故事之外，為自己取一個奇絕的名號，也是走紅的致勝關鍵。於是他的徒弟和信眾，從一開始的五百多人，到後來總共聚集了二、三十萬名的追隨者。同時，張角也懂得教大家呼喊一些簡單就能琅琅上口的口號，像是：「蒼天已死，黃天當立。」這樣一目了然的政治訴求，再加上要求大家做一些簡易的動作，便能夠一而再，再而三地凝聚黃巾集團的向心力。他說：「歲在甲子，天下大吉。」於是讓家家戶戶在大門中間貼上「甲子」二字。我曾經試想，當時的百姓如果看見左鄰右舍家家戶戶都貼了「甲子」二字，而自己卻沒有貼，應該會感到擔憂，於是進一步從眾。因此，張角就是這樣利用人們在心理上往往擔心和別人不一樣進而產生的恐懼感，來支配群眾的行為。像張角這樣一名出色的心理學家，沒能被選拔到中央朝廷，可以說是東漢政權的一大損失！

張角雖然懂得人們的心理，卻沒有看到自己心態上的盲點。當他知道信眾已高達二、三十萬人的那天起，他便開始自不量力、異想天開，竟然想要憑藉著烏合之眾來取天下。他對兩位弟弟說：「最難得的是民心，如今民心已歸順於我，若不趁勢而取天下，那就太可惜了！」這實在也是生而為人，於心理上無法突破的一重考驗。

為了取代漢朝，張角便「私造黃旗」以號召四方百姓。一時之間，裹起黃巾跟從張角起兵者，一路追加到了四、五十萬人。這裡所說「私造黃旗」，其實是作者羅貫中在歷史認知上的小錯誤。在他生活的年代，黃色已為皇帝專用，私造者便有篡權的意圖，乃屬重罪。然而事實上，中國歷朝皇帝穿著黃服，始自隋朝。《隋書》與兩《唐書》曾多次提及：「隋文帝喜服赭黃文綾袍」，至初唐「因隋舊制」，皇帝也「以赭黃袍、巾帶為常服」，或「天子袍衫稍用赤黃」，而赭黃常常又寫作「柘黃」、「皇帝柘黃袍衫」。我們再看看唐朝畫家閻立本著名的〈步輦圖〉，畫中唐太宗所服之常服色即是相對較深的赭黃色。

在上述的歷史背景下，才有接下來宋太祖趙匡胤的陳橋兵變，而所謂的「黃袍加身」，也應是柘黃袍，如：歐陽玄於〈陳摶睡圖〉中所云：「陳橋一夜柘袍黃，天下都無鼾睡床。」此後幾百年，赭（柘）黃作為帝王服的概念遂逐漸根深蒂固，直到明代立國，便直接定皇帝常服為「袍黃色」，皇太子以下常服「袍赤色」。自洪武元年二月起，朱元璋連續下詔「士庶服雜色盤領衣，不得用黃」、「詔中書省申禁官民器服不得用黃色為飾」，至此才有全面禁黃的政令。

不過，中國文人撰寫歷史演義之書，往往是為了借古諷今。羅貫中寫東漢末年群雄並起的故事，便是為了對應對自己所身處的時代。元朝末年，羅貫中曾參與了地方軍閥張士誠的起兵。元惠宗至正十六年（西元一三五六年），羅貫中至張士誠幕府作賓，第二年張士誠在羅貫中的建議下打敗了朱元璋的部下康茂才。然而不久之後，張士誠的弟弟卻被元朝俘虜，張士誠不得已而降元，卻從此沉浸在享樂的生活之中。直到至正二十三年，因蒙古人的沒落，張士誠才又再次稱王。羅貫中眼看著張士誠耽於逸樂，又急於稱王，實在難成大事。對於他的所作所為失望之餘，選擇返鄉著述。則《三國演義》中的張角，難說沒有暗含著對張士誠的貶斥與批評。

草鞋・屠戶・通緝犯
——三兄弟的相遇

《三國演義》的作者在描寫人物方面，幾乎個個精神、氣力、面目俱足，尤其是劉、關、張，一個引出一個，連綿不斷地書寫，先形容人，又引申到兵器，再聯繫到戰場，教人看得入迷，直呼過癮！

小說第一回，黃巾之亂在全國四處烽起！朝廷決定出榜招募義兵。隨著榜文行到涿縣，這是在今天的北京附近，登時便引出一個英雄來。而整部小說也必須待此人出場，方是進入正文。然而這位英雄的特色是什麼呢？首先，他不好讀書，但性格寬和，平時甚寡言語，最重要的是，他有一種喜怒不形於色的本事。此人素有大志，希望能結交天下豪傑。作家寫到這裡，才讓我們近距離地看看他奇特的長相。他身長八尺，兩耳垂肩，雙手過膝，而且「目能自顧其耳」。如此異相，也就是在提醒讀者，他實在迥異於一般凡人。那麼這個人究竟是什麼出身背景呢？書上繼續說道：此人面如冠玉，唇若塗脂，如此美男子形象，乃是中山靖王劉勝之後，漢景帝閣下玄孫，可知他是正統漢皇室之後，具有極高貴而且令人羨慕的身世，這樣的寫法，也符合古人根深蒂固講究門第的傳統觀念。而且多少可以彌補他靠織草蓆、編草鞋維生的寒微形象。此人姓劉名備，字玄德。

不過劉備此時已經家道中落。他的祖先原本被封為涿鹿亭侯。在漢武帝時，朝廷命令宗藩獻金助祭，但是劉備的祖先所呈獻的黃金，金子成色不佳，那就是含金量不足，因此被削撤了封爵。劉備的父親早喪，然而他事母至孝，因為家貧，是故以販屨織蓆為業。

然而為了彰顯此人的不平凡，作家說：劉家住在樓桑村。他們家東南方有一大棵桑樹，高五丈餘，遙望之重重如車蓋。會看相的人曾經斷言：「此家必出貴人。」而玄德幼時，與鄉中小兒遊玩於樹下，他曾入戲地說道：「我為天子，當乘此車蓋。」其實古人傳述偉人的志向時，往往使用這種見微知著、由小見大的敘事模式。當年漢高祖劉邦在秦都咸陽服徭役時，曾見到秦始皇出巡的陣仗與排場，因而發出了驚嘆：「嗟乎，大丈夫當如此也！」便是一個明例。

因此劉備的叔父劉元便開始留心於這孩子的舉止，他說：「此兒非常人也！」於是這位好叔父也就常常資助劉備母子。行文至此，作者還必須交代日後與劉備密切相關的幾位恩師。因此小說繼續寫道：

「年十五歲，母使游學，嘗師事鄭玄、盧植，與公孫瓚等為友。」以上就是劉玄德的一篇小傳。事實上，朝廷發榜招軍時，玄德年已經二十八歲了。可能也就是因為年紀老大不小，所以當日見了榜文，又想到自己一事無成，便慨然長嘆。卻不知就此一嘆，嘆出無數大事來！

因為他的背後正站著一個人，此人聽見嘆氣，突然厲聲罵道：「大丈夫不與國家出力，何故長嘆？」這第二號人物的出場，可以說是陡然而來，讓人有猝不及防之感。玄德回頭一看，此人身長八尺，豹頭環眼，燕頷虎鬚，聲若巨雷，勢如奔馬。看來又是一個英雄。玄德見他形貌異常，便問其姓名。其人曰：「某姓張，名飛，字翼德。世居涿郡，頗有莊田。賣酒屠豬，專好結交天下豪傑。恰纔見公看榜而嘆，故此相問。」原來桃園三兄弟的出場順序，是繼大哥劉玄德之後，先寫三弟張飛，最後才寫二哥關羽。這種出場順序也是一種錯落的寫法，顯得很有變化，而且張飛的性格很豪邁，乃是個屠戶。玄德也許是在他面前自我感覺較為高尚，於是略顯突兀地自稱道：「我本漢室宗親，姓劉，名備。今聞黃巾倡亂，有志欲破賊安民，恨力不能，故長嘆耳。」這一說，顯然也是一種示弱，於是激起了張飛義勇的精神。因張飛乃是三兄弟中最有錢的人，於是自告奮勇散盡家財，願與劉備共同舉事：「吾頗有資財，當招募鄉勇，與公同舉大事，如何？」畢竟有資財者更容易於舉大事。玄德聽了甚喜！遂與同入村店中飲酒。

正飲酒之間，那第三號人物也該登場了。果然他們看見一個大漢走進來。而前兩位乃是編草鞋與屠豬的，那麼大家猜猜，如今這位大漢又是什麼樣的出身呢？答案是：長期逃亡於江湖的殺人通緝犯。

此人身長比劉備和張飛高出一尺多。根據漢代的度量衡計算，當時的一尺等於今天二十三公分，因此關羽的身高大約是超過了二百公分。至於在《三國志》中，劉備的身高是比《三國演義》裡的矮一點：「生得身長七尺五寸」，計算後大約是一百七十二公分，而張飛和趙雲在《三國志》裡並沒有記載，如果我們依循《三國演義》中八尺之說，則約為一百八十四公分。

這時這兩百多公分高的關羽正推著一輛車子來到了店門首。他入店的第一句話，便語驚四座：「酒保，快斟酒來吃，我待趕入城去投軍！」這「投軍」二字引起了玄德的注意。他看其人：身長九尺，髯長二尺；面如重棗，唇若塗脂；丹鳳眼，臥蠶眉，相貌堂堂，威風凜凜。如此描述則顯然又是一個英雄。而小說家寫玄德先遇張公，次遇關公，可見其敘事手法參差有致。總之，玄德趕緊邀他同坐，叩其姓名。其人曰：「吾姓關，名羽，字壽長，後改雲長，河東解良人也（今山西運城）。因當地勢豪倚勢凌人，被吾殺了，於是逃難江湖，已經五、六年矣。今聞此處招軍破賊，特來應募。」

浪跡江湖的關羽，一出場便態勢凌厲！「被吾殺了」四個字，豪氣干雲，擲地有聲！關羽的江湖豪氣與劉備那一聲長嘆，以及張飛頃刻之間捐出所有家財，可謂掩映生輝！如同合奏出亂世悲歌的序曲。這是小說的第一回，作家為三大主角的背景定位，也為其性格形象定調。未來他們的一切作為，行事作風與臨場反應，乃至平生是非成敗，都是此處描寫的延伸。我們還要繼續為大家講述這三人準備投軍的經過，以及雙股劍、青龍偃月刀、丈八點鋼矛的由來與鍛造技術。下回待續。

關雲長手握冷艷鋸！
——羅貫中筆下的寶刀與戰場

張飛是桃園三兄弟中，家世財力最厚實的一位。他對劉備和關羽說：「我莊後有一桃園，花開正盛；明日當於園中祭告天地，我三人結為兄弟，協力同心，然後可圖大事。」其實《三國演義》中無處不存在著對比式的書寫，作者先鋪陳了黃巾賊的三個弟兄，他們都姓張，可是卻不如張翼德所結拜的兩位異姓兄弟。證諸往後的種種事蹟，桃園結義的異姓兄弟反而更團結、更友愛，那程度是超過具有血緣關係的張氏兄弟。如此文章對照的寫法，形成一種絕妙的諷刺，使讀者無形中感受到兄弟之間的義氣其實是無關乎血緣的，這一觀點與書寫對稍後的《水滸傳》亦產生了一定的影響。

我們看當日劉、關、張三兄弟於桃園中備下烏牛白馬祭禮等項。三人焚香再拜的誓言擲地有聲：「念劉備、關羽、張飛，雖然異姓，既結為兄弟，則同心協力，救困扶危；上報國家，下安黎庶。不求同年同月同日生，只願同年同月同日死。皇天后土，實鑒此心，背義忘恩，天人共戮！」清代毛綸、毛宗崗父子曾經根據南宋朱熹的《資治通鑑綱目》加強了《三國志通俗演義》中「擁劉反曹」的思想，他們在桃園三結義振振有詞的誓語之下，曾以批語盛讚道：「千古盟書，第一奇語。」

桃園結義的排場相當大！三兄弟祭罷天地，接著宰牛設酒，又聚鄉中勇士，總共有三百多人依附於他們，大夥兒就在桃園中痛飲一醉。毛宗崗在此處又下了一道批語：「如此勝舉，值得一醉！」可見他有多麼投入此義氣澎湃的情節中。

第二天一大早，大家收拾了軍器，卻又惱恨無馬匹可乘。正思慮間，忽然來了兩個客人，引一伙伴當，趕一群馬，投到莊上來。這兩個人來得十分湊巧。玄德因此開懷讚嘆道：「此天佑我也！」

原來這兩位客人是中山一帶的大商人，所謂的中山，就是在今天河北省中部的太行山東麓一帶。他們每年都往北方販馬，最近因為流寇猖獗而遷移到此處。如今聽說桃園結義是為了討伐流寇，心中大喜，願意將良馬五十匹相送；又贈金銀五百兩，以及一千斤有利於打造刀劍的鑌鐵。這裡所提到的鑌鐵乃是一種大馬士革鋼（Damascus steel），這個名稱起源於中東大馬士革，從三世紀起，便自印度和斯里蘭卡進口烏茲鋼來配合鑄造技術，進而打造出有利於鑄造刀劍的鋼材。自古以來，兵器的冶煉和鍛造對於溫度的要求都很嚴格，冶煉時溫度不得高於一千度，因此也稱為「冷鍛」。冷鍛所製成的刀劍鋒利無比，刀身擁有類似於木紋的特殊紋路。因此《三國演義》裡的兩位商人送給劉備三兄弟一千斤鑌鐵以資器用，這是非常大方的饋贈，對於劉、關、張投效朝廷，打擊黃巾賊有絕大的助益。

於是劉玄德立即命良匠打造了雙股劍。而關雲長則是打造了「青龍偃月刀」，這把刀的名稱很奇特！除了青龍偃月之外，書上還寫了另一個更美麗的名稱：「冷艷鋸」。這應該就是中國近現代許多武俠小說裡刀劍名稱新奇別緻的源頭了。而且這把刀重八十二斤。中國古代長期沿用一斤十六兩的計量方式，因此青龍偃月刀的重量約相等於現在的四十九公斤多。這把刀比某些成年人的體重還重呢！至於張飛所打造的武器則是「丈八點鋼矛」。而且眾人又各自打造了全身的重裝鎧甲。名聲傳播出去之後，他們又聚集了鄉勇五百多人，大家一起來見幽州校尉鄒靖，鄒靖再引他們見太守劉焉。玄德在太守面前說起自家是劉氏宗派，那劉焉聽了更是大喜，立刻認玄德為姪兒。

數日之後，有人傳報：黃巾賊的將領程遠志統兵五萬來犯涿郡，這是在今天的河北省涿州市。劉焉馬上派鄒靖引玄德等三人，統兵五百，前去破敵。接下來這齣好戲，就是要看他們如何以五百兵力擊退五萬賊眾。話說玄德等人欣然領軍前進，一直來到大興山腳下，方與賊眾相見。那黃巾賊都是披著頭髮，以黃巾抹額。所以兩邊軍隊因裝束不同，便很容易區分敵我。當下兩軍相對，玄德出馬，左有雲長，右有翼德，揚鞭大罵：「反國逆賊，何不早降！」黃巾賊的降領程遠志大怒，遣副將鄧茂出戰。張飛二話不說便挺著丈八蛇矛直出，手起處，刺中鄧茂心窩，翻身落馬。這一段是作者著力描寫張翼德斬將速度之快！羅貫中用了連續的短句子來表現鄧茂毫無招架反應的時間。而程遠志眼見折了鄧茂，遂立刻拍馬舞刀，直取張飛，此時作家便該著力書寫關羽了。讀者但見那雲長舞動大刀，縱馬飛迎。這些文字寫得極美！而且很有氣勢！程遠志見關雲長來勢洶洶，早吃了一驚，措手不及，就被雲長揮刀砍為兩段。這裡又是作家極力描寫關雲長，而且他的速度更快！小說至此，龍刀與蛇矛都開市了。作者卻賣了個關子，先不表壓軸的劉備，只說後人有詩讚揚關羽和張飛二人曰：「英雄露穎在今朝，一試矛兮一試刀。初出便將威力展，三分好把姓名標。」

眾賊見程遠志已被斬成兩節，立刻紛紛倒戈而走。玄德於是揮軍追趕，投降者不計其數，漢軍大勝而回。太守劉焉親自迎接，賞勞軍士。次日，又接獲青州刺史太守龔景牒文，東漢時期的青州就在今天山東淄博市。這個地方此時已被黃巾賊圍城將陷，因此太守來乞求救援。那劉焉便與玄德商議。玄德很乾脆地說了一句話：「備願往救之。」這麼簡潔有力！引得毛宗崗讚賞不絕！寫下評語：「壯哉！」於是劉焉命令鄒靖將兵五千，同玄德、關、張，投青州而來。賊眾見救軍趕至，於是分兵混戰。玄德兵寡，不勝，退三十里下寨。羅貫中的書寫手法真的可以算得上是千變萬化了！前面一戰是以區區五百兵力而大勝，而此時卻又以五千兵力而小卻，這是作家的變幻之筆。試想若是每戰必寫獲捷，那樣的戰爭小說會好看嗎？作者勢必要讓讀者緊張一下，捏把冷汗，之後才能與書中人同感勝利的喜悅。於是玄德告訴關、張二人：「賊眾我寡，必出奇兵方可取勝。」因此他分給關公一千軍，埋伏於山左；而張飛也引一千軍，埋伏於山右。說好了以鳴金為號，齊出接應。此處我們看到作者先寫關、張斬將，次寫玄德運籌謀劃，可以說他的敘述手法亦是參差有致的。

佈局妥當之後，第二天，玄德與鄒靖引軍鼓噪而進。賊眾迎戰，玄德引軍便退。賊眾乘勢追趕，方過山嶺，玄德軍中一齊鳴金敲鑼，此時左、右兩軍齊出，玄德麾軍回身復殺。在三路夾攻之下，賊眾大潰！這一段文字是羅貫中繼張飛和關雲長斬殺敵將之後，對劉玄德的另一樣態書寫，也是極力描寫他的聰明與智慧。當劉、關、張率兵直趕至青州城下，那太守龔景，亦率民兵出城助戰。我們不得不佩服羅貫中在戰爭的尾聲，還不忘補寫青州戍兵助戰，使得文章有完整的結尾。此處亦可見作家思慮縝密與筆觸之細膩。總之賊勢大敗，剿戮極多，劉、關、張三兄弟一口氣解了青州之圍。後人又有詩讚賞劉玄德：「運籌決算有神功，二虎還須遜一龍。初出便能垂偉績，自應分鼎在孤窮。」

《三國演義》是一部文采斐然、聲情並茂，並且敘述層次井然有序的好小說！如果再加上清代著名小說評點家毛氏父子的提點，讀者一定更能享受這部書所帶來的感官刺激，以及絕佳的心靈饗宴！

第一場火攻——《三國演義》與《孫子兵法》

劉、關、張初出茅廬，首戰得勝之後，趁著聲勢大漲，劉玄德便對關、張二位弟弟說道：「近聞中郎將盧植與賊首張角戰於廣宗，備昔曾師事盧植，欲往助之。」劉備的老師盧植官拜「中郎將」，這是我們在《三國演義》整部戰爭小說裡，經常會見到的武官職稱。從秦朝一直到東漢中期，中郎將僅是皇宮裡的禁軍統領，主要負責護衛皇室。直到東漢後期，中郎將才可率軍隊出征。我認為劉備這一舉動，表面上是襄助，實際上是想去依附。畢竟師生情分不同於一般。而盧植所在地廣宗，就是今天的河北邢臺，這可是個有名的古戰場！上古時代，因蚩尤頑強抵抗，致使黃帝九戰不勝，於是雙雙轉戰涿鹿。黃帝大勝之後，各部落在此又進行了一連串的衝突和融合，終於留下了巨鹿、涿鹿、獲鹿、束鹿等地名。西元前二二一年，秦滅六國之後，在郡縣制度的頒行下，將此地設為信都縣。不久之後，也就是西元前二一〇年，秦始皇出巡東南之後，在西歸的途中，就在這裡病逝。又過了三年，西楚霸王項羽引兵渡漳水後，號令全軍：「皆沉船，破釜甑，燒廬舍，持三日糧，以示士卒必死，無一還心。」這就是所謂

「破釜沉舟」之戰。所以邢臺廣宗在中國戰爭史上，實屬赫赫有名。而玄德與關、張此刻正引著本部五百人投此廣宗而來。

閒話少述，三人來到至盧植軍中，具道來意。盧植大喜，留在帳前聽調。當時張角賊眾約十五萬，而盧植手握漢軍五萬，就這樣倆倆對峙於廣宗，一時間還未見勝負。植謂玄德曰：「我今圍賊在此，賊弟張梁、張寶在潁川，與皇甫嵩、朱雋對壘。汝可引本部人馬，我更助汝一千官軍，前去潁川打探消息，約期剿捕。」玄德於是領命，引軍星夜投潁川而來。這裡又是羅貫中所投擲的一個變化球！劉備原本是要來幫助盧植的，如今卻轉助了皇甫嵩和朱雋，這種出其不意地變幻敘事，往後在《三國演義》的故事裡，我們會經常看到。其實小說要寫得好看，不外乎是讓讀者感到諸事都在意料之外，卻又往往發生於情理之中。

話說那皇甫嵩和朱雋領軍拒賊，賊戰不利，退入長社，依草結營。皇甫嵩興奮地告訴朱雋：「賊依草結營，我們當用火攻之。」關於「火攻」，《孫子兵法》裡有專文說明：「凡火攻有五：一曰火人」，這就是說燒掉對方的人馬。「二曰火積」，這是要火燒對方的儲備物資。「三曰火輜」，亦即火燒敵方的輜重，包括運輸部隊所攜帶的軍械、糧草、被服等物資。「四曰火庫」，那就是針對敵人的兵器庫。「五曰火隊」，「隊」通「隧」，可解釋為通道，而引申為敵人的運輸設備，以及他們的車船會經過的橋梁、棧道等。

以上就是《孫子兵法》裡所說五種火攻的對象。然而究竟該對著哪一項目標施行火攻？還必須釐清需用火攻的原因。所以書上又說道：「行火必有因，煙火必素具。」善於作戰的軍隊，平時應把火攻的器具準備妥當。「發火有時，起火有日。時者，天之燥也。日者，月在箕、壁、翼、軫也。」所謂箕、壁、翼、軫，乃是天上的四大星宿，當月亮經過這四個星宿時，地面就會起風。亦即「凡此四宿者，風起之日也。」因此軍隊的主帥和軍師也都必須具備有觀測天象的能力。

基於這樣的軍事素養及將領的人文條件，才促成了《三國演義》裡的第一場火攻。當時軍士每人束草一把，暗地裡埋伏。隨之而起的，正是夜裡的大風。由此也可以想見，中國古代許多戰爭文學作品裡，出現了軍師或統帥具有夜觀天象、呼風喚雨之能力，有時並非是單純的奇幻筆調，而是具有實際的天文與氣象學作理論基礎。因此《三國演義》的這一場火攻，便順理成章地在二更天以後發生。當時漢軍遵從號令，一齊縱火，皇甫嵩與朱雋隨即各引兵攻入賊寨，一時間火焰張天，賊眾驚慌，要形容當時黃巾軍驚恐慌亂的場景，小說家羅貫中僅用了三句話來描述，不但精闢簡練，而且形象如畫。他說：「馬不及鞍，人不及甲，四散奔走。」我讀《三國演義》時，經常反覆吟詠這些精彩的修辭，沉浸在繪聲繪影的情節裡，感受到無比的文學力量！

這一場仗，直殺到天明，張梁、張寶引敗殘軍士奪路而走。就在這時候，羅貫中又發出了驚人之筆！他竟然選擇在這樣的時機，讓大人物曹操登場！「忽見一彪軍馬盡打紅旗，當頭來到，截住去路。」因為讀者絕對會以為這一路軍馬是劉、關、張來了，沒想到竟然不是！這就是我們古代歷史演義小說家的奇絕鋪陳。而且一彪軍馬的「彪」字，用得極妙！彪，是指虎豹之類兇猛又神祕的大型動物！在古典文學世界裡，兄弟昆仲之間常也以「龍虎彪豹」來排名。例如：《水滸傳》中的祝氏三傑、田虎三兄弟，還有《連環套》中的賀氏四傑等等。而《三國演義》以此作為軍隊的量詞，尤其是曹操的軍隊，這個用法可謂新穎，真使得迷戀文字的人滿心佩服！又嘖嘖稱奇！

話說這打著紅旗的軍隊中，為首閃出一將，身長七尺，細眼長髯，官拜騎都尉，沛國譙郡人也，姓曹，名操，字孟德。安徽人曹操就是這麼忽然飛進故事裡來的。而接下來，羅貫中就把故事叉出去，天外來了一篇曹操小傳，且文中又在在有另一大主角劉備的影子：「操父曹嵩，本姓夏侯氏，為皇帝近臣曹騰之養子，故冒姓曹。曹嵩生操，小字阿瞞，一名吉利。」這裡寫出曹操的世系，乃出於宦官之後，作者的目的顯然是要與身為中山靖王後裔、漢景帝玄孫的劉備作一高下立判的比較。此後的敘述則更明確地彰顯了這樣的寫作意圖：「操幼時，好游獵，喜歌舞，有權謀，多機變。操有叔父，見操游蕩無度，嘗怒之。」我們記得劉玄德的叔父曾因姪兒小時候玩天子遊戲而予以讚賞，則此處曹操的叔父卻對其喜好聲色歌舞、權謀機變等，深深「怒之」。可見作者是以前後兩位叔父的觀察來為劉備與曹操的性格形象做近距離比較與定位，其背後的思想仍是「擁劉反曹」之基調。

文中繼續指陳：叔父言於曹嵩，嵩責操。操忽心生一計，見叔父來，詐倒於地，作中風之狀。叔父驚告嵩，嵩急視之。操故無恙。嵩曰：「叔言汝中風，今已愈乎？」操曰：「兒自來無此病；因失愛於叔父，故見罔耳。」嵩信其言。後叔父但言操過，嵩並不聽。因此，操得恣意放蕩。

小說家寫曹操從小性格扭曲，慣會設局欺騙父親和叔父，這當然還是為了要與前文所提到的玄德事母盡孝做對比，如此臉譜式書寫，務必正邪兩分，又其實不足為訓。

極度變幻！——小說家的大祕密

《三國演義》裡的第一場火攻，在烈焰沖天的駭人景象中，不僅曾經映現出曹操的身影，同時也引來了劉、關、張三英傑。此時他們聽得喊殺之聲，又望見火光燭天，於是急忙引兵來助陣，可是當他們真的上了戰場，才發現賊眾已然敗散。此處算是一個情節上的頓挫。而更大的意外之筆，還在緊接而來的故事裡，並且呈現一峰還比一峰高的巨大張力！

此時玄德見到皇甫嵩、朱雋，具道盧植之意。嵩曰：「張梁、張寶勢窮力乏，必投廣宗去依張角。玄德可即星夜往助。」劉備三人才剛剛趕到皇甫嵩這裡，卻隨即被要求「星夜」再趕回廣宗，這就連一仗都沒打到，便被遣回，雖說是為了趁勝追擊，其實又是作家給予讀者始料所未及的一個轉折之筆！

話說劉玄德領命之後，遂引兵復回，準備去幫助盧植。卻沒想到，只走到半路，又發生了一樁令讀者想都想不到的意外狀況！「只見一簇軍馬，護送一輛檻車；車中之囚，乃盧植也。」羅貫中寫作峰回路轉、變化速度極快！已經到了讓我們目不暇給的地步。清代評點家毛宗崗忍不住在此留下評語：「更極變幻！」

玄德當下大驚，滾鞍下馬，問其緣故。植曰：「我圍張角，將次可破，因角用妖術，未能即勝。」張角的妖術，日後還會有大場面的出現，此處一筆帶過，也是個伏筆。而就在盧植未能取勝的艱困時刻，朝廷差黃門左豐前來體探，還向他索取賄賂。盧植當即答曰：「軍糧尚缺，安有餘錢奉承天使？」這盧植拒絕左豐所引來的結果，恐怕會更加地令讀者拍案驚奇！書中繼續寫道：左豐因此挾恨，回奏朝廷，指稱盧植：「高壘不戰，惰慢軍心。」於是引發朝廷震怒，竟調遣中郎將董卓來取代盧植！

讀者此刻一定已經發現了作家寫作的大祕密！那就是他們能夠透過情節的鋪陳，在各種因緣際會的巧合之下，讓書中的幾大主角在這部長篇小說的第一回裡，率先出場：先是正面形象的劉、關、張分別華麗現身；接著又讓我們看到亦正亦邪的曹操驚鴻一瞥、一閃而過；然後是本書的大反派董卓重量級登場。小說家羅貫中的寫作筆法神妙，節奏緊湊，文脈連綿起伏不斷，情節環環相扣，又絕無冷場，並且可以在最短的時間內，讓幾位重要的人物都互相打了照面，為日後即將發展出來的各種恩怨情仇，先伏一筆。這正是《三國演義》幾百年來令人愛不釋手、深深著迷的不二法門！

全書第一「快」人！
——張飛

在整部《三國演義》中，張飛就是個「快」人！集痛快、爽快、速度快於一身。他一聽說盧植要被押回京師問罪，便勃然大怒！立刻要斬殺那些護送的軍人，以救盧植。劉玄德在旁急忙阻止：「朝廷自有公論，汝豈可造次？」於是這批軍士便押解盧植去了。事已至此，劉、關、張忙了一圈，等於又回到原點。他們無所依附，只好引軍徐徐北行。

走不到兩日，忽然聽見山後喊聲大震！玄德引關、張縱馬上高岡望之，見漢軍大敗，後面漫山塞野，黃巾蓋地而來，旗上大書「天公將軍」。這又是作家的意外驚人一筆！劉備軍隊正苦於無建功之機與立足之地，先前是在盧植與皇甫嵩等人之間打轉，白攪和一場，就在計劃全亂了套，三人一籌莫展的時候，天上突然掉下來一批黃巾賊。玄德立刻辨清了該走方向，告訴關羽和張飛：「此張角也！可速戰！」劉玄德兩番往來，本要助戰，卻都未戰；如今引兵欲回，本不想戰，卻反得一戰。這又是羅貫中敘事手法的出奇制勝！

於是兄弟三人飛馬引軍而出。讀者知道為什麼張角會於此處衝殺出來嗎？原來他們正殺敗了董卓，因此乘勢趕來，想將董卓軍隊一網打盡。如今忽遇劉備等人衝殺，張角軍隊頓時大亂，直敗走了五十餘里。這是羅貫中行文的調兵遣將，當他需要張角軍隊的時候，軍隊就出現了；當他嫌這支軍旅累贅的時候，就把他們揮出五十里之外！這樣的縱橫筆力，亦可為神妙！而作者在這裡鋪陳劉備兄弟營救了董卓，當然也是在暗示我們董卓其實實力很虛弱，不足為懼。而董卓不僅虛弱，其品格還很惡劣卑鄙！同時，我們看到劉、關、張三人原本要助盧植，卻反倒救了董卓，則又是作家給人始料所未及的一個大逆反情節。回顧《三國演義》第一回，羅貫中以敘述劉、關、張三人為主，中間卻夾敘曹操，末後又帶出董卓，這段文章帶有明顯的層次感，筆端亦留有迴旋的空間，看羅貫中從容不迫地敘述，人物登場的順序有所調節，各角色的比重亦呈現參差跌宕之姿，則更是其文章值得我們效法之處。

當董卓見到劉備等三人，他這一個吃敗仗、被解救的人，面對恩公所問的第一句話，竟然是：「現居何職？」如此趾高氣揚！倒使得劉玄德一時間竟忘了自己是漢景帝玄孫、中山靖王之後的輝煌身世，他只能唯唯諾諾地回答：「白身。」董卓立刻擺出蔑視的姿態：「輕之，不為禮。」如此忘恩負義的可惡之人，又惹得張飛大怒：「我等親赴血戰，救了這廝，他卻如此無禮。若不殺之，難消我氣！」便要提刀入帳，來殺董卓。凡讀《三國演義》的人，沒有不為張飛的快人快語所折服，他見盧植受委屈便要救，見董卓無禮便要殺，顯見是個略無一毫算計的爽漢子！羅貫中寫張翼德，真可謂全書第一快人！

一字褒貶——《三國演義》與《春秋》筆法

當我們說張飛是世間一「快」人，實際上運用了史家一字褒貶的斷語。《紅樓夢》回目有：「時」寶釵小惠全大體，「憨」湘雲醉眠芍藥裀，以及「敏」探春興利除宿弊。在這些地方，曹雪芹分別用「時」、「憨」、「敏」三個字來為薛寶釵、史湘雲和賈探春的性格形象定位，因此張飛之「快」，也是作家從他各方面的表現中，化約出來一個代表字，以便讀者掌握其具體的性格特徵。而這樣的寫作方法，又可追溯至《孟子．萬章下》：「伯夷，聖之清者也；伊尹，聖之任者也；柳下惠，聖之和者也；孔子，聖之時者也。孔子之謂集大成。」此處孟子為孔子所定義的一個字，也正是「時」。而「時」之一字乃指孔子在各方面都能拿捏得正，並不偏執。此一字褒貶的書寫，還可以追溯到孔子著《春秋》時所留下的「微言大義」。之所以只有一個字，應是受限於最初的書寫條件，所以需要運用極為精鍊和簡略的語言來涵蓋極豐富的文化意涵。其實也因為孔夫子在撰述時認為與其直白陳述，失去令人低迴的空間，他寧可選擇隱晦行文，如此委婉的敘述方式，便需要在文字上特別斟酌講究，因此包括整個歷史事件以及作者的想法，都要化約在一個字上予以呈現。如此手法，傳統史家特稱之為「曲筆」。這是將原本直述的表達方式，以委婉曲折的方法來指涉。它之所以能被解讀出各種滋味來，也必須透過讀者的沉吟、深思、體會，以及對文字的掌握與理解，才能辨認出這片言隻語背後隱藏著非常豐富廣大的內涵。這是因為中國早期史學巨作的撰述者認為大量的鋪敘能免則免，於是留下簡練的語言來蘊含豐富的意涵，而成為中國文化思想史上非常特殊的寫作概念。作者寫下的文字極有限，卻能夠留給讀者深厚的解讀空間。

而歷史與小說在中國文學史的發展過程中，自有其順接的脈絡，因此我們會看到小說家的文本世界裡，亦不乏孔、孟所遺留下來的具有民族傳統特色的書寫模式。例如：〈鄭伯克段於鄢〉，將鄭莊公屈尊降爵為「伯」，是譏刺他有失身為兄長的風範；對公叔段絕口不提「弟」字，也是批評他有失了身為弟弟應有的品德；兄弟相殘所鬧出的家醜，已形如二君爭國，所以說「克」；公叔段叛逃，乃是鄭莊公有意縱容的結果，所以孔子點明「於鄢」。短短六個字可以令我們解讀出做哥哥的不像哥哥，而身為弟弟的，又甚惡劣。因此孔子將其各打五十大板，以《春秋》為後世亂臣賊子所戒。

此外，從語言文字學的角度來看，中國文字在形、音、義三位一體的建構過程中，成千上萬個中國字不僅在形式上方正典麗，每一個字對應一個音節，更有許多字從本義衍生出引申義，再發展出假借義，從而打開了一字多義的紛繁視窗。因此自先秦以降，至明清時期，一字褒貶的人物書寫法，能帶給讀者層層開啓，多重聯想的解讀視野。

《三國演義》雖是一部小說，卻直接派生於史冊。因此每每呈現出傳統史家的筆法。第二回「張翼德怒鞭督郵　何國舅謀誅宦豎」，寫張翼德要救盧植，卻不曾救得；要殺董卓，又不曾殺得；如今遇到禍國殃民的督郵，怎麼還能夠耐得住性子？一頓柳條鞭打下來，也是小說家藉此道盡了朝廷官員蠹國害民，對於帝國的破壞力，是不亞於遍佈四野的黃巾賊。

有趣的是，此回不僅寫翼德十分性急，接手便續寫何進十分性慢。而事實證明，性急不曾誤事，可性慢卻誤了大事！則小說家寫張飛之快，是援引古典史學筆法，用何進之「慢」以之相對舉，則又是文學家所善用的參差對照式的臉譜書寫。

《三國演義》是一部從歷史邁向文學的佳作典範，僅就修辭技巧而言，我們往往能見到各種古典筆法的集大成與繼往開來的寫作新形式於一爐，這正是我們細品《三國》所能夠得到的巨大收穫之一。

史上最重要的探子！

——實景戰場下的分鏡虛寫

說到張飛性急，他只見董卓一味驕傲，怠慢了玄德，登時性發，欲殺董卓。玄德與關羽急忙阻止，張飛說：「若不殺這廝，反要在他部下聽令，其實不甘！二兄要便住在此，我自投別處去也！」這實在是怒後憤急語，張飛如果不是氣極了，他們兄弟三人既已結義同生死，如今又何出此言？幸而玄德力挺：「我三人義同生死，豈可相離？不若都投別處去便了。」飛曰：「若如此，稍解吾恨。」於是三人連夜引軍來投朱儁。所幸朱儁也很講義氣，待之甚厚，將他們合兵一處，即時進討張寶。而張寶此時引賊眾八九萬屯兵在山後。朱儁令玄德為先鋒，與賊對敵。張寶則遣副將高升出馬搦戰，搦音諾，是用手握緊的意思，搦戰一詞從第二回開始便頻頻在《三國演義》裡出現，這是「挑戰」的意思。既然對方出馬挑戰，那玄德便派張飛回擊。張飛立刻縱馬挺矛，與升交戰，不數合，刺升落馬。玄德隨即麾軍直沖過去。張寶就馬上披髮仗劍，作起妖法，一時間風雷大作，一股黑氣從天而降，黑氣中似有無限人馬殺來。這景象無疑非常恐怖！而先前曾說張角有妖術，那時只是在盧植口中虛點一句；如今張寶施展妖術，卻用實敘，虛實手法交替，便是小說家富有變化之筆。

玄德看見「黑氣中似有無限人馬殺來」，連忙回軍，一時軍中大亂，敗陣而歸，回營後便與朱雋計議。雋曰：「彼用妖術，我來日可宰豬羊狗血，令軍士伏於山頭；候賊趕來，從高坡上潑之，其法可解。」玄德聽令，撥關公、張飛各引軍一千，伏於山後高岡之上，盛豬羊狗血，以及穢物準備著。次日，張寶搖旗擂鼓，引軍搦戰，玄德出迎。交鋒之際，張寶又作法，頓時風雷大作，飛砂走石，黑氣漫天，滾滾人馬，自天而下。玄德撥馬便走，張寶隨即驅兵趕來。將過山頭，關、張伏軍放起號炮，將穢物齊潑。但見空中紙人草馬，紛紛墜地，很快地，風雷頓息，砂石不飛。張寶見漢軍解了他的法術，急欲退軍。而左關公，右張飛，立刻兩軍齊出，背後還有玄德與朱雋一齊趕上，終於賊兵大敗。玄德遠遠望見「地公將軍」的旗號，他飛馬趕來，那張寶落荒而走。玄德射出一箭，中其左臂。張寶帶箭逃脫，走入陽城，堅守不出。朱雋引兵圍住陽城攻打，一面差人打探皇甫嵩消息。此時出現了一名在中國戰爭文學史上，最重要的配角：探子。這名探子，顯然是作者羅貫中在實景戰場下的分鏡虛寫。因為如果在主戰場之外，作者又分筆去寫另幾處的戰事，不僅分散了故事的主線，而且在紛繁的敘事線索中，很可能就破壞了敘事節奏的緊湊性，所以羅貫中遣一名探子來報，便是個聰明之舉，既交代了旁支情節，又可以讓故事主線持續順暢地發展。所以說此刻出現的這名探子，是古來說部中最重要的人物設計之一。

這名探子此刻回報朱雋：「皇甫嵩大獲勝捷，朝廷以董卓屢敗，命嵩代之。」作家用探子回報，是很經濟的一種省筆，顯得文章不冗長也不脫離主軸，同時還順便帶出董卓的消息。

第一單元

而且根據探子的報信：皇甫嵩到時，張角已死，這又是羅貫中很聰明地用一句話了卻了張角。後來張梁統其眾，與漢軍相拒，被皇甫嵩連勝七陣，斬張梁於曲陽。皇甫嵩又發張角之棺，戮屍梟首，送往京師。餘眾因而俱降。朝廷於是加皇甫嵩為車騎將軍，領冀州牧。東漢末年的冀州，位列九州之首，包括現在北京市、天津市、河北省、山西省、河南省北部及遼寧省與內蒙部分地區。幅員相當遼闊，地理位置尤其重要！領冀州牧則顯示朝廷對皇甫嵩的信任。我們閱讀《三國演義》時，如果有古代地理學的知識，便能一目了然地看出每一位小說人物的所在位置，以便了解他們當下的處境與狀態。

而皇甫嵩趁此高升的機會又表奏盧植有功無罪，朝廷於是復盧植原官。此外，還有曹操亦以有功，除濟南相，即日將班師赴任。這一連串大事，都由一名探子來回報，帶筆寫出。這是在劉、關、張戰爭實敘之中，夾帶著虛寫，可謂筆意參差有致。其細膩處，連盧植、曹操、董卓等人都交代到了，並無一人遺漏。

朱儁聽了探子的回報，更加放心大膽地催促軍馬悉力攻打陽城。賊勢危急，他的內部便出現了動亂，不久之後，賊將嚴政刺殺了張寶，獻首投降。敘事至此，張角、張梁、張寶三兄弟均已被剿滅，毛宗崗的評點在此寫道：

以三寇為三國作；而「天公」先亡，「人公」次之，「地公」後亡，正應著魏先亡，蜀次之，吳亡又次之：天然一個小樣子。

這是說未來的三國：魏、蜀、吳，因分別占有天時、人和與地利等三項有利的條件而立國。小說一開頭講述黃巾賊三大寇的滅亡順序：天公、人公、地公，無形中也暗示了我們將來三國滅亡的順序，只是此時我們還看不清在歷史團團迷霧中，個人的命運，那也非得通過全書的閱讀，才能隨著書中人物走向他們的結局。到那時，我們再回溯這第一回，想必會讚嘆作家羅貫中的精心設計吧！

從《水滸傳》到《三國演義》
——施耐庵與羅貫中亦師亦友

上回我們說到劉、關、張與朱雋基本上收拾了黃巾賊為首的張角、張梁、張寶三兄弟，但其實故事在後續還曾提到了黃巾軍的餘眾。這為數眾多的部隊，並不會一時間就煙消雲散，因此朱雋與劉備等人又耗費了相當的功夫，才算是完全清剿了餘孽。這一大段餘波蕩漾的補敘，應是很有必要的。因為他符合了實戰經驗，在真實的處境中，幾十萬的黃巾軍並不會因為張角三兄弟的突然敗陣死亡而瞬間消失，相反地，各地的副將們會紛紛湧出，以爭取新的態勢。就正是羅貫中寫實主義筆法的展現。

事實上，《三國演義》的作者羅貫中是以他個人的生活經驗與實戰體驗來寫就這部小說的。尤有甚者，他這部著作的寫成，受到《水滸傳》的影響極大！我經常在兩部著作中，看到相類似的實戰場面，這應當是施耐庵的《水滸傳》給予羅貫中極大啓發的具體例證。

羅貫中是元末明初人，祖籍一說是山東東平，一說是山西太原。他八歲時以四書五經啓蒙，十四歲以後因家逢變故，竟輟學隨父親去經商。這也是他生活歷練較為豐富的原因。但是他畢竟對於商場不感興趣，因此最終選擇追隨宿儒繼續讀書。學成之後，他選擇了元末割據軍閥中最富有的張士誠作為依附的對象。張士誠雖然曾經打敗過朱元璋的手下，但是他的弟弟卻被元朝俘虜，因此張士誠只得降元。投降期間，他過著安逸享樂的生活，這使得羅貫中心灰意冷，便去尋訪正在江蘇寫作《水滸傳》的施耐庵。羅貫中與施耐庵的文學思想不謀而合，他們都願意藉由歷史書寫來暗刺當時的社會與政治。於是羅貫中隨侍在施耐庵的身旁幫他抄錄書稿，某種程度上也是尊他為師的意思。

那書稿抄久了，他便開始自己撰寫起《三國演義》來。在這過程中，他也得到施耐庵的許多指點。羅貫中之所以會興起寫小說的念頭，也有一種說法是他原先一直擔任張士誠幕賓，後來張士誠敗於朱元璋，羅貫中便受到朱元璋的鼓勵，因而立志專注於從事《三國演義》的書寫。至於《水滸傳》從著書到傳世的過程，也有學者認為，當羅貫中準備追尋施耐庵的腳步以寫作為後半生職志的當下，施耐庵卻因為《水滸傳》的敏感題材遭到朱元璋的拘捕。羅貫中在奔走一年多之後，雖然營救了施耐庵，然而施耐庵卻已經病入膏肓！羅貫中於是陪伴他回到淮安休養，並在施耐庵過世之後，將《水滸傳》完整的書稿帶到福建去找人刊印。然而當時迫於政治局勢，整個福建建陽一帶，竟無人敢印製這本書！於是羅貫中一面修訂自己的《三國演義》，並且重新改寫《水滸傳》，尤其是後三十回，修改的幅度之大，許多人都認定是出自於羅貫中之手。

這兩部元末明初的重要著作，都因羅貫中的最終修訂而後成書，而羅貫中又極其理解施耐庵的寫作初衷與文學思想，因此從《水滸傳》到《三國演義》，其間確實隱含著派生和互相習染的關係，這部分我們在下一章節將繼續為大家詳細講述。

第二單元

歷史地理・等量齊觀

赤壁之火，乃在寫風！
——《三國演義》中的兩大連環計

火燒連環船是國人周知赤壁之戰中的一條妙計。在《三國演義》裡，先由龐統假意向曹操獻計，將曹軍的戰船用鐵環連接成船陣，以幫助不懂水性的北方人適應船上作戰。接著再由周瑜和黃蓋演出苦肉計，最終達成火燒連環船的計謀。

事實上，古來戰爭史中，即有所謂「御戰船之法」，其中包括了：對方的船隻已連結在一起，而我方所要做的就是務必讓它們斷開；也有像赤壁之戰這樣的情況，對方的船並未連結，而我方就得想辦法讓它們連在一起。像是建安十三年，孫權發兵攻打夏口，當時江夏郡太守黃祖，派人用兩艘艨艟戰艦封鎖漢水入長江口，這種船是漢朝水軍的主力船型，船艙與船板皆以牛皮包覆，可以防火。兩舷各開數孔以插槳供櫓手划船。其三層船艙每層四面皆開弩窗和矛孔，因此可攻擊各方向之敵人。黃祖用大繩繫巨石以固定連結此二艨艟，並且在兩面大石上聚集數千人，艦上更有千餘人用弓弩射向孫權軍隊。弓弩齊發之際，真實印證了「箭如雨下」這句話。

為此，孫權的軍隊不能向前，其偏將董襲與司馬凌統只得各率死士為先鋒，眾人披鎧甲，乘大舸船衝入艨艟裡，董襲持刀斷開兩艘艨艟的連結，凌統與數十名善戰士兵共乘一船，斬殺黃祖手下大將張碩。此時黃祖急派水軍反擊，而孫權大軍水路並進。江東十二虎臣之一凌統先攻下城池，黃祖隻身逃竄，被騎兵馮則斬殺。至此孫權大獲全勝，進駐樊口，佔據江夏。

這個例子說明了，有些戰船實際上已用繩索串聯，那麼要攻破它的方法，便是斷開它的連結。然而在赤壁之戰中，曹操之舟，是散而不聚的，因此燒之不能盡，於是有龐統以連環計獻給曹操，而火攻始得其便。整整一部《三國演義》，等於是告訴我們：「兵法變化無常。」善於用兵者，還在於隨機而應，不可執一而論！

此外，「連環計」這個名稱也在《三國演義》裡出現了好幾次。第一次是由司徒王允提出，第二次才是龐統。前面這一個連環計是透過貂蟬來雙雙鎖住董卓和呂布，此處的「環」是一個虛指，乃指貂蟬。至於龐統所獻的連環計，則實實是以鐵環連鎖住曹操的船。雖然在《三國演義》裡，前後兩個計謀都取名為連環計，實際上前者乃以貂蟬為環，這是個比喻的用法，而且只有一環；至於後者，乃以鐵環為環，它真的有無數個連環。因此我們又發現羅貫中的寫作手法是前虛後實，前少後多，而且能夠各極其妙！

至於赤壁之火，其實重點還在於寫「風」。在風吹來的過程中，曾經有無數的曲折，及至風起之後，小說家又有許多點染。風還未吹起之前，孔明三次上壇，三次下壇，然而都無動靜。等到天晚，還不見起風，這讓周瑜以為他借不到東風。之後又等到了三更，先是聽到風響，然後看到旗帶飄揚，周瑜於是感到極為驚詫！曹操見了便以為偶有小陽春天氣，不足為奇。等到大風刮上來了，作者更是放開筆勢，極力鋪陳，先是丁奉、徐盛迎風而走，守壇將士當風而立；又有趙雲扯篷，其船如飛，小校才遠遠望見帆船，忽而孔明已經來到面前等等神奇的景象發生！羅貫中繼續又寫：曹操見此情景，以為月射波浪，金蛇萬道是也。這都是文學家在修辭上所做的鋪陳，讓讀者在閱讀過程中，感受到視覺上震撼的刺激。

接著作者寫黃蓋隔著二里放火後，又因風聲正大，大家都聽不到弓弦響聲。所以赤壁之火，其精彩處還在於風！至於此回有風，卻是先寫了「霧」，此後又寫雨，其餘寫月、寫星、寫雲，不一而足，這些都是與風相映的寫作素材。其實寫小說就像是在畫一幅畫，要讓讀者能夠在腦海中興發如詩的畫面！只不過畫家可以畫花、畫雲、畫月，卻唯獨不能畫風。這才讓我們見識到《三國演義．七星壇》一篇文字的精妙！真是如臨其風，如見丹青。

《水許傳》裡的連環火船
——公孫勝祭風與孔明設壇借東風

羅貫中將《三國演義》「火燒連環船」一幕大戲，寫得風風火火！整段故事遍佈小說第四十六至四十九回，先寫孔明借箭出奇謀，又計劃了黃蓋受刑，然後是擁有過目不忘才能的闞澤，扮作漁翁，在寒星滿天之下，冒險送詐降書與曹操。接下來龐統獻計，連鎖戰船。最後才有諸葛祭風，以及周瑜縱火。如此洋洋灑灑，精彩絕倫的好文章，羅貫中用了一萬七千多字來敘述。然而讀者可知？這故事的源頭出自正史《三國志》，卻僅是寥寥三十個字。而且連環計並不出自龐統，獻計人乃是黃蓋。由此可見，文學與歷史存在著巨大的差異，不僅是字數上的極大差距，同時也是想像力、敘事力與感染力的巨大差異！

《三國志・吳書・周瑜魯肅呂蒙》：「瑜部將黃蓋曰：今寇眾我寡，難與持久。然觀操軍船艦首尾相接，可燒而走之。」

正史已如上述。然而與其說羅貫中寫連環計乃源於正史，毋寧說是受到《水許傳》的影響，更有理據。《水許傳》第十八回「林沖水寨大並火　晁蓋梁山小奪泊」，眾官兵追趕水寨好漢，到了初更左右，星光滿天。捕盜巡檢與眾官兵，忽然感受到一陣怪風，一時間：「飛沙走石，卷水搖天。黑漫漫堆起烏雲，昏鄧鄧催來急雨。傾翻荷葉，滿波心翠蓋交加；擺動蘆花，繞湖面白旗繚亂。吹折崑崙山頂樹，喚醒東海老龍君。」僅這一段描摹怪風的駢文，讀者應已聯想到我們前面說過的赤壁東風。不僅因為這也是一場莫名的怪風，同時還因為羅貫中與施耐庵同樣地在寫大火燎燒之前，都以興風起筆。

而《水許傳》裡的這一陣怪風更令人驚悚！它從人的背後吹來，吹得眾人掩面大驚，只叫得苦！那風之大，竟然把那纜船索都刮斷了！正沒擺佈處，只聽得後面胡哨響，眾人迎著風看時，只見蘆花側畔，射出一派火光來。大家嚇得面無人色！那大船小船，約有四、五十隻，正被這大風刮得你撞我磕，捉摸不住，那火光卻早來到面前。原來都是一叢小船，每兩隻船綁在一起，上面滿滿堆著蘆葦柴草，刮刮雜雜燒著，如今正乘著順風直衝將來。而那四、五十隻官船，卻屯塞做一塊，加上港汊又狹，又沒迴避處。那頭等大船也有十數隻，卻被兩兩並排的「連環火船」推擠過來，鑽進了大船隊裡一燒。那水底下還有人扶助著船燒將起來，燒得大船上的官兵都跳上岸來逃命奔走，卻不想四邊盡是蘆葦野港，又沒旱路。只見岸上蘆葦又刮刮雜雜，也燒將起來。那捕盜官兵，兩頭沒處走。風又緊，火又猛，眾官兵只得鑽奔到爛泥裡。

這時小說家為我們將鏡頭帶到火光叢中，見一隻小快船神氣活現地飛來！船頭上坐著一位先生，氣定神閒、泰然自若，手裡明晃晃地拿著一口寶劍，這個人就是能祭天求風，求出這一場怪風的人。是時他口裡喝道：「休教走了一個！」只見眾兵都在爛泥裡慌做一堆。

說猶未了，只見蘆葦東岸，兩個人引著四五個打魚的，都手裡明晃晃拿著刀槍走來。這邊蘆葦西岸，又是兩個人，也引著四、五個打魚的，手裡也明晃晃拿著飛魚鉤走來。東西兩岸，四個好漢並這夥人，一齊動手，排頭兒擨將來。無移時，把許多官兵都擨死在爛泥裡。

原來東岸兩個人，是晁蓋、阮小五；而西岸兩個，就是阮小二、阮小七；而船上那位先生，便是祭風的公孫勝。

我們怎麼知道《三國演義》的書寫是受到《水滸傳》的影響呢？單看這兩部著作裡有關火燒船艦的祭風者，就能看出端倪了。原來在《三國志》正式中並未記載孔明七星壇借東風一事。赤壁之戰發生前，諸葛亮致力於讓劉備與東吳結盟。直待劉備收復荊南四郡，孔明才擔任軍師中郎將，而主要工作乃是負責稅賦與徵收糧草，並非指揮作戰。

第二單元

因此在正史中，赤壁之戰的決策與孔明無關。而以羅貫中離開政壇後，矢志追隨施耐庵從事歷史書寫，最後完成了自己創作的《三國演義》，同時修訂過《水滸傳》的史實來看，則孔明「七星壇施法祭風」一段，則未嘗不是從公孫勝祭風處借來幾分超現實的創作靈感。

富春江岸名人傳——東吳大帝

中國古典小說的敘事焦點，首重人物。尤其是在人物登場的時間點上，必須以劇力萬鈞的場景作為鋪墊，才能襯托出主角的身分與氣勢。《三國演義》的作者羅貫中，在相繼鋪陳了劉、關、張與曹操的現身之後，接著就應該讓東吳大帝走上文學與歷史的舞臺了。

小說第二回，朱雋正追趕黃巾賊眾，那趙弘、孫仲引賊眾到，與雋交戰。雋見弘勢大，引軍暫退。弘乘勢復奪宛城。朱雋只得退十里下寨。此時方欲再出擊攻打時，忽見正東一彪人馬到來。這一小隊來得突兀的軍馬，寫的就是東吳起家的英雄人物孫堅。他生得廣額闊面，虎體熊腰，是吳郡富春人。其實孫家的先祖曾以種瓜為業，後來歷經孫堅、孫策、孫權父子的白手起家、艱苦創業，才有江東吳國的崛起。根據《三國志》記載：吳太祖大皇帝孫權（西元一八二—二五二年），字仲謀，是吳郡富春人，也就是在今天的浙江杭州富陽區。

根據新聞報導：浙江富陽龍門鎮九成以上的居民姓孫，截至民國二十八年為止，他們的家譜記載自己是孫權第六十五代的後裔。在實地走訪龍門古鎮之後，我們會發現此地的建築乃是以兩座孫氏宗祠為中心，一共建有多座孫氏廳堂，另有磚砌牌樓、古塔和寺廟。如今鎮民家家戶戶以做羽毛球拍為業，再通過義烏市場銷往全世界。而且龍門古鎮擁有江南難得保存完整的明清古建築群。這裡有卵石鋪成的小路與民宅，原木的廳堂，山村裡處處是古樹、清溪與小橋，千餘年來，民風純樸，居民大多以高牆築成封閉式院落，再互相連結，致使廳堂密布，巷道縱橫，牆檐相連，房廊相接，居民們就算在大雨天裡串門子，鞋子也一點都不濕！而且出了古鎮，不遠處即可見到高山茂林、逶迤群峰，又有瀑布虛懸白練，景色恍如仙境。

鎮裡古巷清風如水，路上卵石溫婉，小店裡昏黃黝黯，舊式算盤、二踢腳都擱在了高大沉重的老式木櫃上，老人們則往往在條石上閒話家常。這裡是繪製《富春山居圖》的大畫家黃公望的故居，也是近現代文人郁達夫的故里。更是三國時代東吳大帝孫堅的家鄉，而孫堅乃是春秋時期孫武子的後代，孫武正是撰寫兵書《孫子兵法》的作者，為後世人尊稱為「兵聖」！

或許就因為是兵聖的後代，孫堅自幼在刀兵和佈陣上展現了天賦。《三國演義》在寫他出場的時候，也像是劉備、曹操一般，出現了一段名人小傳：

年十七歲時，與父至錢塘，見海賊十餘人，劫取商人財物，於岸上分贓。堅謂父曰：「此賊可擒也。」遂奮力提刀上岸，揚聲大叫，東西指揮，如喚人狀。賊以爲官兵至，盡棄財物奔走。堅趕上，殺一賊。

小小年紀，即能有此膽識與手段，可知他也是一位傳奇人物了！

飛身奪槊——孫堅的輕功！

孫堅當年暴得大名！不僅僅是因為殺了一兩個海賊，事實上他還曾經在東漢末年平定過國家的內亂。這是在黃巾之亂發生的前十二年，會稽人許昌造反，自稱大將軍，後稱「陽明皇帝」。《三國志．孫堅傳》：「會稽妖賊許昌起於句章，自稱陽明皇帝，與其子韶扇動諸縣，眾以萬數。堅以郡司馬募召精勇，得千餘人，與州郡合討破之。是歲，熹平元年也。刺史臧旻列上功狀，詔書除堅鹽瀆丞，數歲徙盱眙丞，又徙下邳丞。」這一場殲滅戰確實是有孫堅招募勇士千餘人，會合州郡共破反賊，當場斬殺許昌與其子許韶。因此刺史臧旻上表奏其功，除堅為鹽瀆丞，又除盱眙丞、下邳丞。

十二年後，孫堅見黃巾寇起，於是聚集鄉中少年及諸商旅，再加上淮、泗精兵共一千五百餘人，前來接應朱雋。朱雋在剿滅黃巾餘眾的過程中，意外獲得孫堅的主動支援，可謂大喜過望！於是展開佈局：令堅攻打南門，玄德打北門，朱雋自己打西門，只留東門與賊走。孫堅首先登城，斬賊二十餘人，賊眾奔潰。黃巾賊趙弘飛馬突槊，直取孫堅。堅從城上飛身奪弘槊，孫堅武力高強！此一舉動猶如武俠小說的輕功！以飛簷走壁之勢一把奪取了趙弘的長槊，這種武器又稱為「矟」，也是古代冷兵器的一種，便於在馬上使用。因為長度較長，超過一丈八尺，相當於今天的四點一四公尺。同時在結構上，分為槊柄和槊頭。槊柄以堅硬之木製成，槊頭呈圓錐形並裝有鐵釘。中國早在秦漢時期，馬槊這種武器已經相當流行。

孫堅奪了趙弘的馬槊，刺弘下馬，接著又騎上趙弘的馬飛身往來殺賊！小說家將孫堅的英雄形象寫到這個地步，等於也是為他的次子孫權孔武有力的強人形象預作了鋪墊。

在戰場的另一邊，黃巾賊孫仲（正史原名為孫夏）引軍衝出北門，正面遇上劉玄德，孫仲無心戀戰，只想奔逃。玄德張弓一箭，正中孫仲，翻身落馬。這一段也是寫得簡潔俐落。而朱雋大軍隨後掩殺，斬首數萬級，降者不可勝計。於是南陽一路，十數郡皆平。

黃巾之亂終於平息，可是眾將領班師回朝後，卻是命運大不同！朱雋回京後詔封為車騎將軍，河南尹。朱雋表奏孫堅、劉備等人的功勞。《三國演義》寫道：「孫堅有人情，除別郡司馬，上任去了；惟玄德聽候日久，不得除授，三人鬱鬱不樂……。」在這故事的尾聲中，作者不忘補上一筆，描述政治腐敗的亂世底下，就算是有十分本領的人，也還是得靠人情賄賂來買官。於是劉備仕途之艱辛，也就可以想見了。

從張鈞到張飛
——小說的邏輯

上回我們說到劉、關、張三人打完了黃巾賊，卻沒有得到一官半職，因此很是鬱鬱不樂。但偶爾天上也會掉下禮物來。有一天，他們三人上街閒行，正好郎中張鈞的車子經過。我們現在聽到「郎中」一詞，可能會以為是個醫生來了。其實在東漢，郎中是尚書的屬官。我們之所以會以為郎中就是醫生，大抵上是宋代以後的事，這是因為唐末五代時期，官銜氾濫，連醫生都以官職來稱呼的緣故。

總之劉玄德見到了張大人，立刻抓住機會，趕緊自陳功績。張鈞聽了大為驚訝，隨即入朝見皇帝曰：「昔黃巾造反，其原皆由十常侍賣官鬻爵，非親不用，非仇不誅，以致天下大亂。今宜斬十常侍，懸首南郊，遣使者佈告天下，有功者重加賞賜，則四海自清平也。」張鈞這樣的反應或許會讓大家覺得有點奇怪！他怎麼不在皇帝面前提拔劉玄德呢？反倒罵起十常侍來！其實這正是這個人頭腦清楚的地方，他一聽到劉備不買官，因此不受重用，立刻想到賣官鬻爵的陋習就是源自十常侍。因此提出了拔本塞源之論。

可是十常侍也不是省油的燈！他們虎視眈眈地上奏皇帝曰：「張鈞欺主。」皇帝於是令武士逐出張鈞。饒是如此，那十常侍還不罷休。他們共議：「此必破黃巾有功者，不得除授，故生怨言。權且教省家銓注微名，待後卻再理會未晚。」十常侍的意思是，先教那些破黃巾有功者作個小官，以後再藉機將他們拔除。十常侍之所以要這樣不停地淘汰官員，乃是為了騰出些職位來繼續賣官。這就埋下了後來劉備官做不長的伏筆。

總之劉玄德因此做了定州中山府安喜縣尉，這是在今天的河北定州市。小說家特別細膩地寫道：玄德先將兵散回鄉里，再趕去復員。因此只帶著親隨二十餘人，與關、張來安喜縣中到任。他總署縣事大約一個月後，可說是與民秋毫無犯，因此百姓皆受到感化。這是對外的部分。至於對內，劉備與關、張食則同桌，寢則同床。平時玄德在稠人廣坐，關、張侍立在旁，時間再長，也終日不倦。作者應是想讓我們感受到這樣的結拜兄弟，世間少有。

他們到縣未及四個月，當初十常侍所做的決定就兌現了。朝廷降詔，「凡有軍功為長吏者，當沙汰」。玄德也知道自己的官作不長了，這都是因為無人情可送，才會如此吃虧。此時朝廷派來的督郵行部至縣，督郵是由郡太守派出巡視郡內屬縣的各個地方官是否稱職的官吏，玄德因此出郭迎接，見到督郵立刻施禮。可是督郵卻坐於馬上，以馬鞭指著劉備。如此傲慢無禮，惹得關、張二公俱怒！這又埋下了張飛鞭打督郵的伏筆。

及至來到館驛，督郵南面高坐，玄德侍立階下。良久，督郵問曰：「劉縣尉是何出身？」玄德曰：「備乃中山靖王之後。自涿郡剿戮黃巾，大小三十餘戰，頗有微功，因得除今職。」督郵大喝曰：「汝詐稱皇親，虛報功績！目今朝廷降詔，正要沙汰這等濫官汙吏！」聽到這樣的誣蔑之語，劉玄德竟然是「喏喏連聲而退」。想來張飛的惱怒情緒又更加高漲了。劉備歸到縣中，與縣吏商議。吏曰：「督郵作威，無非要賄賂耳。」這種事情，還是縣吏比較精通。可是玄德卻很正直，絲毫不肯行賄賂之事：「我與民秋毫無犯，那得財物與他？」

次日，督郵先提縣吏去，勒令他舉發縣尉害民。玄德幾番自往求免，俱被門役阻住，不肯放參。此舉實在教人忍無可忍！此時碰巧張飛飲了數杯悶酒，乘馬從館驛前過。見五、六十個老人，皆在門前痛哭。飛問其故，眾老人答曰：「督郵逼勒縣吏，欲害劉公。我等皆來苦告，不得放入，反遭把門人趕打！」張飛一聽大怒，「睜圓環眼，咬碎鋼牙，滾鞍下馬，徑入館驛」，以上這一連串形容誇張的動詞短句，直把當時張飛猛爆的脾氣，與驚人的衝撞速度描寫得唯妙唯肖，宛然在目。張飛如此氣勢逼人，那守門人那裡阻擋得住？只見他直奔後堂，見督郵正坐廳上，將縣吏綁倒在地。大喝：「害民賊！認得我麼？」

張翼德鞭打督郵，是《三國演義》裡膾炙人口的一段故事。它根據《三國志平話》而來。在正史《三國志》中，鞭打督郵的人其實是劉備。〈先主傳〉記載：督郵因公事來到安喜縣，劉備主動拜訪，卻被拒絕見面。於是劉備帶人直接衝入驛館綁了督郵，打二百杖後，棄官逃亡。

如今這段快人快事讓位給了張飛。督郵被揪住了頭髮，任張飛攀下柳條，往他兩腿上著力鞭打，還一連打折柳條十數枝！從正史到稗官，這段移花接木的書寫，曾經引得清代評點人毛宗崗直呼：「打得過癮！」

小說家一路從張鈞寫到張飛，無非就是順著故事的邏輯和理路來抨擊東漢末年政治腐敗的現象。如果任由劉備鞭打督郵，必不能達到作家所欲追求的敘事效果及文學感染力。而這也是宋代以來「說三分」所欲企及的政治隱喻。

惡諡學問大！——何謂漢「靈」帝

張飛要打督郵，可在小說的設計裡，劉備畢竟是個仁慈的人，是他喝阻了張飛的毒手。那麼關公持什麼樣態度呢？他一向話很少，但是戲分卻不能夠少。就在劉備喝阻張飛的時候，旁邊轉過關公來，曰：「兄長建許多大功，僅得縣尉，今反被督郵侮辱。吾思枳棘叢中，非棲鸞鳳之所，不如殺督郵，棄官歸鄉，別圖遠大之計。」原來關公不想打督郵，而是想殺督郵！小說家讓他冷冷地說出這一段話，便足以將他的性格、面貌，與慈悲的劉備、猛烈的張飛，拉開了一定的距離，讓我們看見劉、關、張三兄弟雖然情同親手足，但畢竟個性上還是南轅北轍的。羅貫中寫他們在志向與理念上三位一體，然其藝術造型及語言思想，卻各自擁有突出的亮點，不至於讓讀者分不清楚他們的面目，這一部分的文學表現，堪稱可圈可點。

其實讀者可想而知，劉備是不會同意傷害督郵的。他說：「吾繳還印綬，從此去矣。」只是劉備這樣的做法，嚴格說來，並不是辭官，而是棄官。因此會遭到通緝與追捕。這也是羅貫中有所細膩交代之處。

此後玄德、關、張三人往代州，也就是今天的山西東北部，去投靠劉恢。劉恢見玄德乃是漢室宗親，因此收留了他。小說裡用了一個特殊的動詞「留匿」，說明劉備三人逃到劉恢府中藏匿的情況。

另外在朝廷這邊，十常侍既握重權，便差人向破黃巾賊的將士索要金帛，不從者罷職。皇甫嵩、朱雋皆不肯與，偏偏皇帝又封十常侍的趙忠等人為車騎將軍，另外張讓等十三人皆封列侯。這就讓當時的朝政日益敗壞，人民嗟怨。於是繼黃巾之亂後，又有長沙賊區星起來造反！這個區星在漢靈帝中平四年（西元一八七年）自稱神將，與周朝、郭石率領部眾一萬餘人起兵叛亂。此外還有漁陽郡的張舉、張純也興兵起事，張舉自稱天子，張純號大將軍。這兩個人起事的地點，包括了今天北京市、天津市，以及河北省的部分地區。於是當時地方上的表章如雪片般飛來告急，可是十常侍竟然都藏匿不奏。

直到有一天，皇帝在後花園與十常侍飲宴。諫議大夫劉陶，直接到皇帝面前大慟：「天下危在旦夕，陛下尚自與閹宦共飲耶？」帝曰：「國家承平，有何危急？」陶曰：「四方盜賊并起，侵掠州郡。

其禍皆由十常侍賣官害民，欺君罔上。朝廷正人皆去，禍在目前矣！」那十常侍趕緊免冠跪伏於帝前哭道：「大臣不相容，臣等不能活矣！願乞性命歸田里，盡將家產以助軍資。」言罷又是痛哭。十常侍一哭，皇帝就罵劉陶：「汝家亦有近侍之人，何獨不容朕耶？」然後竟然呼叫武士來將劉陶推出去問斬。劉陶大呼：「臣死不惜！可憐漢室天下四百餘年，到此一旦休矣！」

武士擁陶出，方欲行刑，忽然有一大臣喝住曰：「勿得下手，待我諫去。」這個人乃是司徒陳耽。「司徒」在漢代是很大的官！事實上就是丞相。漢元壽二年，改丞相為大司徒。而西漢末至東漢初年，當時的朝廷以大司馬、大司徒、大司空為三公。由此可知，陳耽應是說話很有分量的一號人物。他徑入宮中來進諫皇帝曰：「劉諫議得何罪而受誅？」帝曰：「毀謗近臣，冒瀆朕躬。」耽曰：「天下人民，欲食十常侍之肉，陛下敬之如父母，身無寸功，皆封列侯。況封諝等，結連黃巾，欲為內亂。陛下今不自省，社稷立見崩摧矣！」這話可謂字字句句都是痛切之語。

可是皇帝卻說：「封諝作亂，其事不明。十常侍中，豈無一二忠臣？」我們書讀到這裡，可能已經有很多讀者深切地感受到這位漢靈帝的荒唐。事實上，中國古代皇帝的諡號便是對他一生功過的蓋棺論定。而「靈」這個字，就是「荒唐」的意思。例如：明代劉伯溫的文集《郁離子》中記載，春秋戰國時期晉靈公「好狗」，他給狗兒穿上錦繡的衣服，對狗兒們極其寵愛！當狐狸鑽進宮殿，驚擾了襄夫人，靈公讓狗去咬狐狸，但是狗沒有獲勝。屠岸賈便派人去山林裡抓了一隻狐狸來獻給靈公，謊稱是狗抓住了狐狸。靈公十分高興，用國家祭典的禮器來餵狗。此後，舉國的老百姓都敬畏狗。讓狗竄集到市場上任意地吃羊和豬。而凡是想向靈公進言國事的大夫，如果沒有得到屠岸賈的允許，屠岸賈就放出群狗來撕咬他們。趙盾想入宮進諫，惡狗卻直撲過來！後來群狗竄進御苑吃了靈公的羊，屠岸賈欺騙靈公說是趙盾養的狗。靈公大怒，派人去殺趙盾。趙盾逃往秦國。趙盾的堂弟趙穿率領憤怒的衛軍殺了屠岸賈，又在桃園殺了靈公。這就是一個荒唐的國君，死後諡號為「靈」的例子。

此外還有鄭靈公，他是春秋時代鄭國的第十二任君主。西元前六〇六年，鄭靈公即位。楚莊王派人送來一隻三百斤的大鱉，作為賀禮。鄭國因地處內陸，所有朝中百官對這隻大鱉都感到很新奇！鄭靈公的好友，一是公子宋，另一位是公子歸生。他們兩人一起去拜見鄭靈公。半路上，公子宋的食指突然動了起來，他說：「我只要食指一動，就有美食！這是屢試不爽的。」這兩人來到宮裡，正好廚師在宰殺大鱉，兩人便相視一笑。鄭靈公好奇地問他們：「為何笑？」公子歸生道出了公子宋食指大動的說法。鄭靈公心裡不舒服，便揶揄道：「能否吃到美味，還得寡人說了才能算！」公子宋笑著說：「這麼大一隻鱉，主公一個人怎能吃得完呢？」

可是到了黃昏時分，鄭靈公召集大家到宮裡分食。隨著鍋裡的肉煮好了，大家也都分到了一碗肉湯，卻只有公子宋沒得到。公子宋知道這是鄭靈公故意讓他下不了臺，於是把手指頭伸進火鍋裡，沾了一點湯，便跑了！鄭靈公氣得揚言要殺公子宋，這使得公子宋心生恐懼，便決定先下手為強，殺了靈公，另立公子堅為國君。這又是一個荒唐的君主，死後謚號為「靈」的例子。

還有一位陳靈公，他非常好色。當時陳國有國色佳人夏姬。她是鄭穆公之女，嫁給陳國的大夫御叔，生了兒子叫做夏征舒。故事發生時，夏姬的丈夫已經不在人世，然而她的兒子在陳國仍是一位貴族。《詩經》有云：「胡為乎株林？從夏南。匪適株林，從夏南。」社會上唱出這樣的詩歌來諷刺國君，說他喜歡到夏姬那裡去飲酒作樂，而且還不是自己一個人去，而是帶著大夫孔寧和儀行父，三人脫下朝服，換上便服，不分晝夜地往株林跑。《國語》中也記載陳靈公「帥其卿佐，淫乎夏姬」。其實這些貴族都是有血緣關係的，可見他們荒淫的程度，已經到了令人髮指的地步！

我們閱讀和理解《三國演義》，如果有上述的政治史知識作為文化涵養，便能一目了然地理解到漢朝國祚四百年，最後為什麼竟如同摧枯拉朽般地土崩瓦解，繼而開啓了三國時代？這一切的答案，都在一個「靈」字上！

地理知識有多重要！
——看劉虞的封地與劉備坐擁的大縣

自古以來，所有的昏君都是一種固執到沒有辦法溝通的人，因此帶給正直的大臣們很深的無力感！

上回我們提到司徒陳耽進諫，希望皇帝看清十常侍的真面目，藉此以儆效尤。但是皇帝絲毫不醒悟，陳耽於是以頭撞階而諫。評點家毛宗崗在此寫下三個字：「好陳耽！」此處我們不妨穿越一下，如果拿這件事情來問《紅樓夢》裡的賈寶玉，他一定不會讚許。小說第三十六回，他與襲人說話，帶出了自己的觀念：「人誰不死？只要死得好。那些個鬚眉濁物，只知道文死諫，武死戰，這二死是大丈夫死名節，竟何如不死的好！必定有昏君，他方諫，他只顧邀名，猛拚一死，將來棄君於何地？必定有刀兵，他方戰，猛拚一死，他只顧圖汗馬之名，將來棄國於何地？所以，這皆非正死。」

第二單元

我也同意賈寶玉的看法，那些死諫死戰之人，恐怕都有些沽名釣譽的嫌疑，因此做了沒有必要的事情。而更重要的是，《三國演義》及其評點裡不只一次突出書寫忠臣死諫，因此我們也可以從這裡看出，《三國演義》與《紅樓夢》之間存在著政治思想上巨大的差異。

特別有名的一次死諫，是東漢末年益州牧劉璋的部下王累，他在《後漢書》、《三國志》及《華陽國志》中都有所記載：當時劉璋聽從別駕張松的建議，與劉備結盟來對抗張魯。王累為阻止劉璋迎接劉備，自縛以繩索倒懸在城門上，結果劉璋不聽，他便自刎結束了生命。《三國演義》裡改寫他割斷繩索，讓自己摔死了。此處的改寫，作者可能是想將王累的形象推上更高峰，只是如此壯烈的死法，其實並不能改變什麼。就如同此刻陳耽的死諫，完全不可能喚醒愚頑的皇帝，反而更加觸怒了漢靈帝：「帝怒，命牽出，與劉陶皆下獄。」

更可怕的是，當天夜裡十常侍就等不及將此二人給謀殺了！「是夜，十常侍即於獄中謀殺之。」這些可惡的小人接著假皇帝詔命以孫堅為長沙太守，討伐區星。孫堅雖不明就裡，可也不負重託，不出五十日，即報大捷，一舉了卻區星。

於是孫堅進一步加封烏程侯。而劉虞則封為幽州牧。至此劉虞的管轄地區已經包含了今天的北京市、河北省、遼寧省，乃至於朝鮮西北部。之所以會有這一層加封，是要他領兵往漁陽征張舉和張純。與此同時，代州的劉恢見到機會來了，他希望讓劉備走出躲躲藏藏的日子，於是修書推薦玄德去見劉虞。「虞大喜，令玄德為都尉，引兵直抵賊巢，與賊大戰數日，挫動銳氣。」史書記載，張純乃是一個非常兇暴的人，他底下的士卒心生叛變，不久之後便有帳下的頭目刺殺了張純，將頭納獻，繼而率眾來降。那張舉見已勢敗，亦自縊而死。至此漁陽之亂盡平。劉虞表奏劉備大功。朝廷這才赦免了鞭打督郵之罪，而公孫瓚又表陳玄德前功，於是劉備得到了第二次作官的機會——平原縣令，這是在今天山東德州，單從地理學上來看，我們也可以知道這是劉備開拓其一代梟雄之路的起點。因為從漢末、三國以降，平原一直是兵家反覆爭奪之地。平原縣地處京、津、濟與環渤海的黃金地帶，南依泰山，北望京津，因此劉備這次可是做了一個重要大縣的縣令！證諸於後世，唐代書法家顏真卿即任平原郡太守，於此抗擊安祿山的軍隊。而熟悉近代史的讀者們也並不陌生，這裡正是清光緒年間義和團起家的大本營。

在往後的三國故事裡，袁紹派子駐紮過平原，曹操亦封兒子曹植為平原侯，也都在在證明了此處是各路英雄風雲際會，以圖成就霸業的大舞臺！在擁有上述地理與歷史的背景知識之後，讀者們對於劉備此番「試守平原令，後領平原相」，是不是有了更新一層的領悟？

一個爬梳政治史；一個斬關入大內

——曹操vs.袁紹

我們終於等到昏君駕崩了！我記得在眾多電視連續劇中，有一部戲演漢靈帝病危的情況，景象蠻恐怖的！全身潰爛，年紀輕輕的，也不知道生了什麼病。他在位的時候，任用宦官，朝政敗壞，導致內亂蠭起，民不聊生。然而漢祚並未因他的撒手人寰而得以殘喘，朝廷反而因此引來了更大的政治風暴！

中平六年（西元一九〇年）夏四月，靈帝病篤，召大將軍何進入宮，商議後事。從這裡開始，《三國演義》又引出了一號亂世中的人物——何進。那何進起身屠家，是殺豬賣肉的家庭出身。因他的妹妹入宮為貴人，還生了皇子劉辯，遂立為皇后，何進由是得掌大權，而且被委以重任。這位何皇后非常厲害！手段也極殘忍！因為皇帝又寵幸王美人，也生了皇子劉協。何后便很嫉妒她，於是鴆殺了王美人。而皇子劉協便養於董太后宮中。至於董太后，也有一段故事。她是靈帝的母親，是解瀆亭侯劉萇之妻。當初因桓帝無子，便迎立解瀆亭侯之子，是為靈帝；靈帝入繼大統後，遂迎養自己的母親於宮中，尊為太后。小說在這裡插敘董太后入宮的緣由，是為後文埋下伏線。其實這一段故事也是東漢末年政治風氣敗壞的原因之一。史學家們認為漢靈帝迎養自己的母親是可以的。但是如果「尊為太后」，則非禮也。我們想想：若尊董氏為太后，那是不是也要將解瀆亭侯尊為太上皇？從這件事情上，我們可想而知當時的諫官不負責任，沒有善盡職責，而我們如果想要總攬大的歷史方向，則往往必須見微知著，從事一些細膩的觀察，才能通透推論百年興衰的根由。亦即董氏被尊為太后一事，實際上已經折射出當時政壇諫官失責，奸邪擅權，言路閉塞的敗相了。

而漢靈帝身後的政治危機還在於他死得太匆促，沒有來得及確立繼承人。董太后嘗勸帝立皇子協為太子。帝亦偏愛協，欲立之。當時病篤，中常侍蹇碩奏曰：「若欲立協，必先誅何進，以絕後患。」皇帝同意了，因此宣何進入宮。何進來至宮門，司馬潘偷偷地告訴他曰：「不可入宮。蹇碩欲謀殺公。」何進大驚，急歸私宅，召諸大臣，欲盡誅宦官。座上一人挺身出曰：「宦官之勢，起自沖、質之時；朝廷滋蔓極廣，安能盡誅？倘機不密，必有滅族之禍，請細詳之。」這個人提到如今宦官勢力這麼大，其實起源自漢沖帝劉炳，他是東漢第九位皇帝，在位不到一百五十天，實際上他的年紀也還不滿三周歲，這就是宦官勢力崛起的源頭。接著是漢質帝劉纘，一名續，其在位時間也僅一年多。而質帝之後，就是桓、靈二帝。皇帝年齡這麼小，壽命又這麼短，朝政很容易轉入宦官之手，於是東漢便進入了宦官專權肆虐，黨同伐異的黑暗時代。而爬梳這段歷史，勸導何進行事要縝密的人，正是曹操！

曹操指出宦官勢力的積累，非在一朝一夕，因此派系龐大，不容小覷。要扳倒他們，當然也就不是容易的事了。曹操不僅能夠洞察當時政治亂象的源頭，還能夠遇事臨危不亂，當機立斷。只可惜何進不識曹操的慎謀深思，以為他只是官小，就看不起他。何進叱喝曹操：「汝小輩安知朝廷大事！」殊不知後來所有朝廷大事，都出此小輩之手。而就在此時，司馬潘又來偷偷告訴何進：「帝已崩。今蹇碩與十常侍商議，祕不發喪，矯詔宣何國舅入宮，欲絕後患，冊立皇子協為帝。」話還沒說完呢，果然使命至，宣何進速入宮以定後事。於是曹操又進言：「今日之計，先宜正君位，然後圖賊。」這麼簡潔扼要指導原則，顯示曹操實屬慎謀能斷之人。於是何進便問：「誰敢與吾正君討賊？」當場便有一人挺身出曰：「願借精兵五千，斬關入內，冊立新君，盡誅閹豎，掃清朝廷，以安天下！」這個話鋒犀利之人，就是日後與曹操爭天下的袁紹。此二人如今一左一右，各自向何進進言，從他們的話語中，也早已顯現出雄才大略之心。

然而何進卻是一個草包，他看人只看官職。袁紹此時官拜司隸校尉。這是中國從漢朝到西晉的監察，其職責在監督朝內的大臣與皇親國戚，以及京都附近包括京兆尹在內的七郡官員。司隸校尉的職權範圍與刺史相似，但是刺史的職責在監督地方，而司隸校尉是監督中央的官員，因此在地位上高於刺史。

袁紹的官這麼大！何進於是眼睛一亮！立刻點御林軍五千進宮。袁紹全身披掛，而何進則率領何顒、荀攸、鄭泰等大臣三十餘員，相繼而入，迅速在靈帝棺柩前扶立太子劉辯即皇帝位。袁紹更欲使出雷霆手段，入宮收拾蹇碩。那蹇碩慌忙走入御園花陰下，竟為中常侍郭勝所殺。何進與袁紹這麼大陣仗入宮，最後的結果竟然是宦官自己殺宦官！

你說這《三國演義》是不是真的很好看？

陳留王穩坐開封府！

——兩宮太后的政治角力

袁紹隨著何進進宮趁勢誅殺宦官，張讓等人慌忙去找何太后求救！何太后長年居處深宮，與宦官感情極好，因此傳旨宣何進入內。何太后告訴他的兄長何進：「我與汝出身寒微，非張讓等，焉能享此富貴？今蹇碩不仁，既已伏誅，汝何聽信人言，欲盡誅宦官耶？」何進於是下令眾官：「蹇碩設謀害我，可族滅其家。其餘不必妄加殘害。」袁紹急忙勸何進：「若不斬草除根，必為喪身之本。」但是何進並不聽勸。這就埋下了自我毀滅的因子。

因為很快的，存活下來的宦官們便再度於朝堂上興風作浪。就在蹇碩被殺的第二天，與何太后為敵的董太后召見了宦官。董太后是剛剛駕崩的皇帝漢靈帝的母親，她手上也握有一張王牌，就是當年漢靈帝比較欣賞的兒子劉協。於是董太后宣張讓等入宮商議：「何進之妹，始初我抬舉她；今日她的孩兒即皇帝位，內外臣僚，皆其心腹。威權太重，我將如何？」張讓奏曰：「娘娘可臨朝，垂簾聽政；封皇子協為王；加國舅董重大官，掌握軍權；重用臣等，大事可圖矣。」張讓這批宦官主要的意思就是要董太后給他們封官。不過董太后卻聽出了另外一層意思。她次日設朝降旨，封皇子協為陳留王，董重為驃騎將軍。

我們要看董太后如何與何太后的勢力分庭抗禮，關鍵就在陳留王與驃騎將軍這兩個職稱上。所謂陳留郡，就在今天的河南開封一帶，根據《漢書．地理志》陳留《注》的記載：「留，鄭邑也，後為陳所並，故曰陳留。」所以這裡是先秦時期鄭國的都城，可見其歷史之悠久。又《史記》補充說明道：「夫陳留，天下之衝，四通五達之郊也，今其城又多積粟。」這樣我們就能夠明白，長期以來與何皇后不睦的董太后，在新君初立之時，將自己親手撫養長大的孫子劉協，封在陳留的用意了。因為這個封地乃是自古以來的大郡！交通網絡四通八達，城中累積的財富和糧食也很可觀！掌握了這麼富裕的一個大地方，就足以擁有豐富的資源來抗衡中央。

陳留郡既是河南開封，這便是個歷朝歷代有名的大縣了。自漢魏以來，尤其到了隋、唐、五代、宋、金、明、清，此處都設有開封府或開封縣。尤其在北宋時期，這裡被稱為：「琪樹明霞五鳳樓，夷門自古帝王州」，又有「汴京富麗天下無」的美譽。所謂《東京夢華錄》、〈清明上河圖〉都是書寫、描繪這一帶繁榮富庶的人文風光。

而陳留一地，歷史上也是名人輩出，例如：商湯時期的著名宰相伊尹、東漢時代的文學家和政治思想家蔡邕，以及他的女兒蔡琰，還有曹操著名的部將典韋等人都出自陳留。而董太后不僅將這樣一個歷史悠久、物產豐隆、人文薈萃的大地方封給自己的孫子，還給她自己的哥哥董重驃騎將軍之職。

中國自漢武帝元狩二年起，朝廷設置驃騎將軍，其官階、俸祿皆等同於大將軍。而此刻的大將軍正是何太后的哥哥何進。因此董太后的哥哥在得到驃騎將軍的職位以後，便可與何進並駕齊驅了。與此同時我們也都心知肚明，董太后之所以能有如此的作為，一切都仰賴宦官張讓等人的支持和共預朝政。這當然又埋下了另一個社會動盪與政治風暴的因子。

然而劉協是否就因此能夠穩坐陳留郡，進而謀取皇位呢？

熟悉歷史的讀者都知道，他正是史上被奸雄曹操長期挾持的可憐天子——漢獻帝。

漢室傾危——只因「無謀」

儘管曹操並不同意為誅殺宦官而召外官進京，何進依然故我。而此計實為袁紹所獻，因此《三國演義》的評點者毛宗崗禁不住嘆道：「（曹操）所見大勝本初。兩人優劣俱在於此。」

而鼇鄉侯西涼刺史董卓之所以不宜被召進京來誅殺宦官，還有另一層更重要的原因：董卓原先因破黃巾無功，而即將被朝廷治罪，為此他重金賄賂了十常侍，才得以倖免。這樣一個賄賂十常侍之人，何進與袁紹竟然還相信他可以殺盡十常侍？

那董卓不僅賄賂十常侍，而且還託朝貴為他晉升官爵，因此得以統西州二十萬大軍。一旦手中握有兵權，便興起了不臣之心。有了野心的董卓，此時得到進京的詔書，怎能不大喜？這一段董卓崛起的背景，《三國演義》的作者也寫得很好，如果不做事前的鋪敘與交代，則董卓進京後的諸般惡行，豈不令人費解？總之，他「是時得詔大喜，點起軍馬，陸續便行。使其婿中郎將牛輔守住陝西，自己卻帶李傕、郭汜、張濟、樊稠等，提兵望洛陽進發。」

董卓萬般皆壞，卻有一個好女婿李儒，此人堪稱優秀。他告訴董卓：「今雖奉詔，中間多有暗昧。何不差人上表，名正言順，大事可圖。」這中間的暗昧就在於，何進其實發的是密詔，而李儒卻要公開地上表章，讓董卓大搖大擺地進京。同時他的文筆也好，這封表奏寫道：

竊聞天下所以亂逆不止者，皆由黃門常侍張讓等侮慢天常之故。臣聞揚湯止沸，不如去薪；潰癰雖痛，勝於養毒。臣敢鳴鐘鼓，入洛陽，請除讓等。社稷幸甚！天下幸甚！

何進得到董卓的上表，出示大臣。此時侍御史鄭泰看到了危機，進諫曰：「董卓乃豺狼也，引入京城，必食人矣。」「吃人」這話說得也很明白，此刻的情況就好像欲除去狐鼠，竟召進豺狼，將來必定後患無窮！大夥兒一股腦兒被吃掉的日子已經不遠了！可是何進卻不聽，他批評鄭泰：「汝多疑，不足謀大事。」而盧植也進諫：「植素知董卓，為人面善心狠。一入禁庭，必生禍患，不如止之勿來，免致生亂。」何進還是不聽。鄭泰、盧植為此皆棄官而去。追隨他們的朝廷大臣去者大半。而何進仍一意孤行，他使人迎董卓於澠池。澠池就在今天的河南洛陽、鄭州一帶。

看來董卓是在河南洛陽一處按兵不動。他先上表以示威，接著又按兵以觀變化，如此沉著應對，我們不難想見他的女婿李儒是怎樣的一個好謀士。

話分兩頭說，宮廷裡的大宦官張讓等人知道將有外兵殺進宮來，十常侍共議曰：「此何進之謀也。我等不先下手，皆滅族矣！」於是速度很快地先伏刀斧手五十人於長樂宮嘉德門內，然後進入宮中告訴何太后：「大將軍矯詔召外兵至京師，欲滅臣等，望娘娘垂憐賜救！」太后不明就裡，還勸十常侍：「你們可以到何進的大將軍府去謝罪，請求他的原諒，就會沒事了。」而張讓等人卻說：「若到了相府，我們的骨肉都會化為齏粉！望娘娘宣大將軍入宮，下諭阻止他，如果他不答應，那麼臣等只就娘娘前請死。」

太后耳根子軟，於是降詔宣何進。何進得到太后的詔書，便準備進宮，主簿陳琳立刻勸阻：「太后此詔，必是十常侍之謀，切不可去。去必有禍。」陳琳很聰明，無奈何進太笨，他衝口一句話：「太后詔我，有何禍事？」

第二單元

袁紹也感到不太對勁，他問何進：「今謀已泄，事已露，將軍尚欲入宮耶？」曹操在一旁也不死心，還是要為何進出主意：「您先召十常侍出來，然後您再入宮。」書讀到這裡，我們不得不說一句：善哉！曹操真有應變之策啊！

可惜何進一直都看不起曹操，就因為他官位低，便譏笑他：「小兒之見也！吾掌天下之權，十常侍敢待如何！」可是袁紹是真不放心了，他說：「公必欲去，我等引甲士護從，以防不測。」最後決定由袁紹、曹操各選精兵五百，命袁紹之弟袁術領之。袁術全身披掛，引兵布列青瑣門外，青瑣門是漢代皇宮裝飾有青色連環花紋的宮門。《漢書．元后傳》顏師古注曰：「以青畫戶邊鏤中，天子之制也。」

軍隊在青瑣門外停住，由袁紹與曹操二人親自帶劍護送何進至長樂宮前。來到宮門前，黃門傳懿旨云：「太后特宣大將軍，餘人不許輒入。」於是袁紹、曹操都被阻擋在宮門之外。而何進卻渾然不覺，還趾高氣揚地昂然直入。

當他來至嘉德殿門前，張讓、段珪迎出，將他左右圍住，何進大驚！張讓厲聲指責何進：「董后何罪？妄以鴆死！汝本屠沽小輩，我等薦之天子，以致榮貴。不思報效，卻欲相謀害。汝言我等甚濁，其清者是誰？」十常侍指責何進的話，實在可笑至極！令人想起了《左傳》所云：「惟無瑕者可以戮人。」何進謀殺董后之罪，其實與十常侍的罪孽，實在是不相上下，還問什麼清濁？

何進聽到這一聲罵，慌張急欲尋找出路。他這時候才要尋出路，不覺得太晚了嗎？果然宮門盡閉，伏甲齊出，當場將何進砍為兩段。

中國古典小說家在劇力萬鈞的場景中，總有詩詞藉以興發感想，於是羅貫中便在此以詩為猝死的何進下了總結：「漢室傾危天數終，無謀何進作三公。」大將軍何進的失敗，並不僅僅是個人的失敗，還進一步牽連到漢室的終結。而導致此一下場的源頭，羅貫中給予「無謀」二字以為評斷。然此處無謀者，不僅何進，還有袁紹。《後漢書．袁紹傳》曾指出：「本初無謀，不相用計。」而清代學者龔自珍說過一句話說：「無謀不成。」我們再以上述李儒的「有謀」，相較於何進、袁紹的「無謀」，可知臨事若無計策，只憑直覺反應而竟一意孤行，則大事毀矣！

第二單元

流螢成群飛轉
——小說家的象徵筆法

張讓雖然已將大將軍何進切成兩截，可宮牆外的袁紹還不知道，他因等久了，便朝著宮門大喊：「請將軍上車！」張讓於是一不做二不休，將何進首級從牆上扔出……。

袁紹也是糊塗，沒想到事態竟會發展至此，驚慌之餘，厲聲高叫何進的部將來助戰。於是有吳匡在青瑣門外放起火來。漢朝的宮殿因此興起了一場大火！而袁紹的弟弟袁術也立刻引兵突入宮廷，但見閹官，不論大小，盡皆殺之！面對這一幕血腥的場景，怎不教人感慨？既然這樣就能殺了那些大小宦官，當初又何必引狼入室，召董卓外兵進京呢？

總之，此時情況非同小可，袁紹與曹操只得合力斬關入內。立刻就有趙忠、程曠、夏惲、郭勝等四個宦官在翠花樓前，被剁成了肉泥。一時間宮中火焰沖天！另外幾個大太監：張讓、段珪、曹節、侯覽，他們劫持了太后、太子與陳留王，從後道走北宮。這時盧植出現了！原來他雖棄官，卻還未曾離去，見宮中事變，隨即擐甲持戈，站立於閣下，大喝一聲：「段珪逆賊，安敢劫太后！」何太后大約是嚇壞了！想逃離宦官的魔掌，竟然從窗中跳出，幸好盧植在危急間，救了太后。

這時何進的部將吳匡殺入內廷，見何苗正提劍出來。匡大呼一聲，眾士兵頃刻便將何苗四面圍定，然後立刻將他砍為齏粉。而袁紹也下令軍士們分頭來殺十常侍的家屬，不分大小盡皆誅。在這個過程中，有很多沒有鬍鬚的人，被誤殺而慘死。那麼此時曹操在做什麼呢？他一面救滅宮中的大火，同時去請何太后權攝大事，來穩定大局。接著又派員去追尋被張讓擄走的少帝。從他的舉措，我們已能看出曹操這個人並不嗜殺，而且他擅長重整與穩定局勢。就在此處，評點家毛宗崗也有感而發，寫下了一句話：「孟德舉動畢竟不同。」

太后雖是救下來了，可是少帝到那裡去了呢？原來張讓、段珪劫擁少帝及陳留王，冒煙突火，連夜奔走，最終來到了北邙山。這個地方在今天的河南洛陽，位處於黃河南岸，是秦嶺的餘脈。而時間已是二更時分，大約是現在夜裡十點多，他們聽見後面喊聲大舉，有大批人馬趕至。原來是掾吏來了，這個官員的名字叫閔貢。閔貢大喊：「逆賊休走！」十常侍為首的張讓就在這危機四伏，事態緊急的情況下，投河自殺了！

少帝和陳留王兩個小兄弟，害怕得不得了！躲在河邊的亂草叢中，不敢發出聲音。就這樣，帝與王，匍匐在草叢間，捱到四更天，大約是凌晨兩三點鐘，露水浸溼了他們的衣服，兩個孩子相抱而哭，又怕人聽到，因此吞聲於草莽之中。最後是做弟弟的陳留王拿出辦法來，他說：「此間不可久戀，須別尋活路。」於是二人以衣相結，爬上岸邊。可是滿地荊棘叢生，幾乎寸步難行，再加上眼前一片漆黑，完全看不到前方的路。兩兄弟正在一籌莫展的時候，黑暗中忽然出現了成千上百的螢火蟲！正是螢火蟲解救了他們，為他們照亮了眼前的道路。小說家寫道：「忽有流螢千百成群，光芒照耀，只在帝前飛轉。」這是上蒼派來的小天使，暫時幫助少帝與陳留王尋找出路。只是這螢火蟲微弱的光線，似乎也是作家刻意使用的象徵筆法，暗示我們漢祚前途的渺茫。

小蝦米對大鯨魚！
——陳留王VS.董卓

成千上百的螢火蟲照亮了一對小兄弟黯淡的前景。他們走著走著，不知不覺天色已經矇矇亮了。這時候，不僅肚子餓得慌，雙腳也疼痛難當！於是他們體力不支地倒臥在草堆中，這就是東漢末年的皇帝漢少帝與陳留王。

然後我們將鏡頭拉到草堆後方，原來這裡還有一座偌大的莊園，而此刻莊園的主人正在舒適的眠床上酣睡。突然間，他看見兩顆太陽一起掉在他的懷裡！主人嚇醒了！走出房門四下裡觀望，他發現前方一堆草上泛著奇異的紅光，周圍還有一群閃閃的螢火蟲相隨。他走上前去，發現有兩個人躺在草堆上。莊主問：「你們是誰家的孩子啊？」皇帝不敢回答，陳留王勇敢地說道：「這位是當今皇上，我們遇到宮廷大亂，所以逃亡到這裡來。我是皇上的弟弟陳留王。」莊主一聽，大驚失色！立刻下拜，說道：「我是前朝司徒的弟弟崔毅。」

司徒在當時是很大的官，中國從西周開始便設有三公與六卿。而其中的「司士」在青銅器上的金文多作「司土」，並與司馬、司工合稱「三有司」。那「司工」也稱為「司空」。至於司土，便是管理土地和人民的官，相當於後世的戶部尚書。在西漢末年，改稱為大司徒。現在我們眼前的這位莊主崔毅，就是從前大司徒崔烈的弟弟。作家寫出這個人物來，是有意義的。

正因為崔毅是大官人家子弟，自有其見識，他看不慣朝廷上十常侍賣官嫉賢，所以選擇隱居於此。又在偶然的機緣下，解救了顛沛流離的皇帝。就在這時候閔貢也獨乘一馬尋路來追尋。崔毅便引著閔貢見皇帝。君臣抱頭痛哭之餘。閔貢說：「國不可一日無君，請陛下還都。」可是皇上與陳留王實在走不動了，而崔毅莊上又只有瘦馬一匹。於是閔貢與陳留王共乘一馬，而皇帝自騎崔毅提供的瘦馬，三個人緩緩地離開了崔家莊。

小說家有時候也是好畫家！如今羅貫中所描繪的這幕景象，其實也具有反諷的涵義。古代的君王動輒就是千乘之國的君主，那帝王更是萬乘之君，而其下的大夫至少也有百乘。如今這一帝、一王、一臣，卻只共騎得兩馬！望著他們寒酸的背影，分明又是一副日薄崦嵫的景象，讀之怎不令人心生喟嘆？

與此凋零沒落的景象相反的是，不久之後，遠方出現了大批威風的軍馬，浩浩蕩蕩迎面而來！在飄揚的繡旗影裡，一將飛出，厲聲問道：「天子何在？」此人如此剽悍！口出狂言，絲毫未將皇帝放在眼裡。這麼凌人的氣勢又使年少的皇帝戰慄不能言。還是那做弟弟的陳留王勒馬向前，怒叱曰：「來者何人？」將領這才自我介紹：「西涼刺史董卓也。」我們必須起疑，董卓此時怎麼知道要來這裡找皇帝？而且態度又如此倨傲！這不得不使我們想起他的女婿兼謀士，是的，這正是李儒給他獻的計策。

只是這李儒萬萬沒想到，皇帝雖然不怎麼樣，那陳留王卻是勇敢而聰慧，他朗聲問道：「汝來保駕耶？汝來劫駕耶？」這就將了董卓一軍！讀者試想，董卓還能怎麼回答？他當然只能說：「特來保駕。」而陳留王竟然還懂得進一步壓制他：「既來保駕，天子在此，何不下馬！」董卓的氣勢整個弱掉了！他慌忙下馬，拜於道左……。

這一段雙方身段和氣勢的起伏升降，寫得精彩！董卓乃是從多少場漢、羌火拼及大小戰役中衝殺出來的一員猛將；那小小年紀，年方八歲的陳留王竟然能夠如此沉著地面對他，他們之間承載的已不僅僅是態勢消長的問題，同時這裡也是個重要的小說伏筆，爾後董卓為了獨攬大權，進而廢少帝，扶立獻帝，就是從今天這場初會面，得到的靈感。

「刺」史何意？
——丁原的勇氣

董卓帶兵入京之後，每天橫行霸道，招搖過市，使得百姓人心惶惶，難以安生。更過分的是，他出入宮廷，來去自如，竟是如入無人之境！董卓甚至將已死去的大將軍何進的軍隊，收歸己有，盡皆掌握，然後私下對李儒說：「吾欲廢帝立陳留王，何如？」李儒也知道陳留王是當年董太后所撫養的，因此與董卓的關係更近一層。當即贊同：「今朝廷無主，不就此時行事，遲則有變矣。來日於溫明園中，召集百官，諭以廢立，有不從者斬之。則威權之行，正在今日。」

董卓於是依照李儒的建議，在第二天大擺筵會，遍請公卿。等公卿們都到場以後，他自己才徐徐進入園門，然後下馬。此處「徐徐」二字寫得好！作家僅以此疊字便能勾畫出董卓大擺排場、裝模作樣的姿態來。

不僅如此，他還帶劍入席，欲造成公卿們巨大的威脅感！待酒過數巡，董卓教人停酒止樂，然後厲聲說道：「吾有一言，眾官靜聽。天子為萬民之主，無威儀不可以奉宗廟社稷。今上懦弱，不若陳留王聰明好學，可承大位。吾欲廢帝立陳留王，諸大臣以為何如？」也許群臣至此才恍然大悟吧！原來董卓鳴鐘鼓入洛陽，不是來殺十常侍的，倒是特來廢皇帝的！那諸官聽罷，都不敢出聲。唯有座上一人推案直出，立於筵前，大呼：「不可！不可！汝是何人，敢發大語？天子乃先帝嫡子，初無過失，何得妄議廢立！汝欲為篡逆耶？」卓抬眼看他，此人乃是荊州刺史丁原。

大家會不會對於「刺史」這個名詞感到好奇呢？尤其是「刺」這個字是什麼意思？原來刺史在中國古代也稱為御史，這個官職始於漢代，歷經東漢末年到三國時期，與州牧一職相仿。其後隨著朝代不同，刺史的等級與職權也多有變遷，但終究是地方上的重要官員。至於「刺」的意思乃作考核詢問之解，這樣大家就明白了，刺史其實就是監察官。由此可知，丁原向來負有監督考察的職責，因此他可以很勇敢的站出來說話。不過這一舉動，也惹怒了董卓。小說家寫出他凌厲的恫嚇：

卓怒叱曰：「順我者生，逆我者死！」遂掣佩劍，欲斬丁原。

所謂一山還有一山高，就在此劇力萬鈞的緊張時刻，丁原背後又出現了一人，此人生得器宇軒昂，威風凜凜，手執方天畫戟，這種武器是一種長柄器械，在尖頭的兩旁有一對月牙形戈身，而戟杆上亦有彩繪裝飾，所以稱為「畫戟」。其實宋元明之後的小說演義中經常出現這種兵器，但通常是為了替小說的人物堂堂儀表的形象賦彩，因此使用了一種儀典上的兵器，而不是實戰型的武器。

羅貫中寫呂布的登場，先讓我們看到他的著名配件——方天戟，接著再將鏡頭轉到他的臉部特寫上，而且只用了四個字：怒目而視，就讓我們知道，今天董卓是殺不了丁原了。其實還是李儒聰明！他見苗頭不對，急忙對董卓進言：「今日飲宴之處，不可談國政，來日向都堂公論未遲。」當下眾人也都見風使舵，願意做那和事佬，因此紛紛上前勸諫。於是丁原得以從容上馬而去。

第三單元

命運起伏・人心易變

層層皴染
——小說人物的立體造型

董卓一旦提出廢少帝的主張，立刻招來蜂湧的反對意見。其中以劉備的老師盧植所言，最有學問！他說：「明公差矣。昔太甲不明，伊尹放之於桐宮。昌邑王登位方二十七日，造惡三千餘條，故霍光告太廟而廢之。今上雖幼，聰明仁智，並無分毫過失。公乃外郡刺史，素未參與國政，又無伊、霍之大才，何可強主廢立之事？」

盧植所說的太甲是西元前一千五百年前的人。他是商湯的嫡長孫，商朝的第四位君主。當初剛即位的時候，曾由四朝元老伊尹輔政，伊尹於是一連寫了〈肆命〉、〈祖後〉等文，用來教導太甲遵照祖制，成為一位有道明君。於是在伊尹銳意的督促下，太甲曾經有兩年的時間，還算勤於國政，然而後來卻逐漸地恣意妄為、貪圖享樂，以至於暴虐百姓。伊尹眼看著朝政敗壞昏亂，於是百般規勸，太甲都聽不進去，伊尹只好將他放逐到商湯墓地，讓他反躬自省。而伊尹便攝政當國，史稱「伊尹放太甲」。盧植就是拿伊尹來與董卓做對比，他說董卓如果想廢帝，除非有伊尹的輔政大才，否則不能服眾望。「有

第三單元

伊尹之志則可，無伊尹之志則篡也。」如此引述歷史，侃侃而談，道出正論。想當然爾引來董卓的惱羞成怒！「卓大怒，拔劍向前，欲殺植。」隨即有侍中蔡邕，以及議郎彭伯進諫：「盧尚書海內人望，今先害之，恐天下震怖。」

接著司徒王允又緩頰說道：「廢立之事，不可酒後相商，另日再議。」其實王允此時，已經胸有成算，他正醞釀著對付董卓的一連串計謀。而此時作者卻又盪開一筆，著力描寫了另一精彩角色的登場，這人就是呂布。作者之所以要極力勾劃呂布，也是因為他將會成為對付董卓的一枚棋子。

當時小說家先藉由董卓的眼睛初步讓我們見識到了呂布驍勇無懼又充滿挑釁的姿態：「卓按劍立於園門，忽見一人躍馬持戟，於園門外往來馳驟。」接著讀者們又從李儒的口中得知此人姓名：「此丁原義兒，姓呂，名布，字奉先者也。」不僅如此，李儒還多說了一句：「主公且須避之！」僅此一句，已教我們看出平時胸有城府的李儒，此刻是多麼地張皇失措！同時也在這樣的急促話語中，讓讀者深刻地感受到呂布給人帶來凌厲的威脅感。董卓於是「入園潛避」。

到了第二天，丁原前來搦戰。董卓憤而引軍出迎。現在我們總算近距離看見了呂布身上的裝束和他具體的形象了：「只見呂布頂束髮金冠，披百花戰袍，擐穿著唐猊鎧甲，繫獅蠻寶帶，縱馬挺戟，隨丁建陽出到陣前。」「狻猊」是古代傳說中的猛獸，另一種說法即為獅子。因為皮質堅厚，可製鎧甲。因此後世稱良甲為猊甲。《三國演義》在作者羅貫中對呂布的層層書寫是很經典的一個段落，猶如畫家的皴染法，先從董卓、李儒眼中實寫一呂布。再讓我們看他的狀貌，然後寫姓名，接著又寫妝束，這部分也寫得很有層次：先是寫戟，次寫馬，最後是冠帶袍甲。而呂布就在這樣由遠而近的書寫中，其整體形貌逐漸立體化地呈現在讀者的面前。

如此層層皴染的寫法，多半是在重要小說人物出場時，才做這樣濃墨重彩的發揮。例如：清代小說《紅樓夢》，作者寫男主人公賈寶玉現身的那一刻，作者也運用了這樣的寫作手法：

一語未了，只聽外面一陣腳步響，丫鬟進來笑道：「寶玉來了！」黛玉心中正疑惑著：「這個寶玉，不知是怎生個憊懶人物、懵懂頑劣之童？」倒不見那蠢物也罷了！心中想著，忽見丫鬟話未報完，已進來了一個年輕公子：頭上戴著束髮嵌寶紫金冠，齊眉勒著二龍搶珠金抹額；穿一件二色金百蝶穿花大紅箭袖，束著五彩絲攢花結長穗宮條；外罩石青起花八團倭緞排穗褂；登著青緞粉底小朝靴。面若中秋之月，色如春曉之花，鬢若刀裁，眉如墨畫，面如桃瓣，眼若秋波。雖怒時而若笑，即瞋視而有情。項上金螭瓔珞，又有一根五色絲條，繫著一塊美玉。黛玉一見，便吃一大驚，心下想道：「好生奇怪！倒像在那裡見過的一般，何等眼熟到如此！」

就在此時，賈寶玉突然轉身離去！我們甚至於來不及看清他的面容，賈母便命：「去見你娘來！」寶玉隨即離開了我們的視線。一時又回來，我們再看時，他已換了冠帶：頭上周圍一轉的短髮，都結成小辮，紅絲結束，共攢至頂中胎髮，總編一根大辮，黑亮如漆，從頂至梢，一串四顆大珠，用金八寶墜角；身上穿著銀紅撒花半舊大襖，仍舊帶著項圈、寶玉、寄名鎖、護身符等物；下面半露松綠撒花綾褲腿，錦邊彈墨襪，厚底大紅鞋。越顯得面如敷粉，唇若施脂；轉盼多情，語言常笑。天然一段風騷，全在眉梢；平生萬種情思，悉堆眼角。看其外貌，最是極好，卻難知其底細……。

古典小說裡主人公的數度登場，讓我們一次比一次更驚豔於他們的容貌及神采！作家下筆有繁有簡，端視角色的重要性及其在敘事過程中所興起的作用。呂布在《三國演義》裡，長時間周旋在董卓、劉備與曹操等重要人物之間，很多時候他的去留與作為，對事態的發展往往造成了關鍵性的影響。因此羅貫中便不斷地加強對他的描述來突顯這號人物存在的意義與價值。這樣的形象設計，也就值得我們在閱讀的時候，多加留心了。

丁原的人頭是怎麼掉的？

——看頂級說客李肅的厲害

丁原因為有呂布這員虎將擔任貼身保鑣，因此膽子特別粗大！他指著董卓大罵：「國家不幸，閹官弄權，以致萬民塗炭。爾無尺寸之功，焉敢妄言廢立，欲亂朝廷！」話說完之後，不等董卓回言，呂布便直接飛馬衝殺過來！董卓慌忙敗走，大退三十餘里下寨，然後聚眾商議：「吾觀呂布非常人也。吾若得此人，何慮天下哉！」此言一出，帳前立刻有人上來稟報：「主公勿憂。某與呂布同鄉，知其勇而無謀，見利忘義。某憑三寸不爛之舌，說呂布拱手來降，可乎？」這個人是誰？我們先賣個關子，不過他說呂布的性格就是兩句話：「勇而無謀，見利忘義」，證諸日後呂布的所有行徑，可謂的論。而亂世往往就是人才輩出的時代，漢末許多政客能夠精闢地臧否人物，其實也是為了顯現他們的政治評判與謀略。

董卓仔細看看這個說話的人，原來是虎賁中郎將李肅。所謂的虎賁中郎將，也可以寫作「虎奔」，這是形容將領「如虎之奔」也。這位具有虎奔之勢的人才，其實全憑口才銳不可當。他一開口就說出了一匹至關重要的名馬：「某聞主公有名馬一匹，號曰『赤兔』，日行千里。須得此馬，再用金珠，以利結其心。某更進說詞，呂布必反丁原，來投主公矣。」李肅只輕輕的說了一句「日行千里」，就道出了這匹良馬為何名貴。而董卓身旁另外一位重要的幕僚李儒也勸說道：「主公欲取天下，何惜一馬！」這話原本不錯，只不過從我們現代人的角度來看，古人動不動就說要「取天下」，也未免可笑！然而董卓確實很喜歡這三個字，於是他欣然釋出了赤兔馬，還給予黃金一千兩、明珠數十顆、玉帶一條，以作為招攬呂布的見面禮。

李肅齎了禮物，投呂布寨來。伏路軍人將他團團圍住。李肅於是自稱是呂布的故人，這才見到了呂將軍。當時他說的第一句話是：「賢弟別來無恙？」這一句話無疑拉近了兩人的距離，呂布立刻回應道：「久不相見，今居何處？」肅曰：「現任虎賁中郎將之職。」然後李肅很快把話題帶入正題：「聞賢弟匡扶社稷，不勝之喜。有良馬一匹，日行千里，渡水登山，如履平地，名曰『赤兔』：特獻與賢弟，以助虎威。」我們必須先注意到李肅說話的藝術，他只提有千里馬要送給呂布，並不說這馬是董卓所賜。因此呂布就沒有戒心，毫不遲疑地立刻要看馬。「果然那馬，渾身上下火炭般赤，無半根雜毛，從頭至尾長一丈，從蹄至項高八尺，嘶喊咆哮，有騰空入海之狀。」羅貫中所寫的這段話便是從呂布的眼中看出赤兔馬渾身上下的好處。因此作家寫這匹馬，也是具有層次感的，先從李肅的口中烘托，再由呂布的眼中真實見到，當然讀者們最感興趣的還是此馬將為關雲長坐騎，是故這裡的描寫，也算是埋下了整部書最重要的伏筆。

而古典小說家在描寫美人出場、戰爭等劇力萬鈞的大場面時，都會來上一段韻文，這也是傳統說唱藝術的餘續。書中寫道：

奔騰千里蕩塵埃，渡水登山紫霧開。
掣斷絲韁搖玉轡，火龍飛下九天來。

呂布非常喜愛這匹馬，單刀直入就問李肅：「兄賜此龍駒，將何以為報？」李肅此刻覺得還不到亮出底牌的時候，便假意說道：「某為義氣而來。豈望報乎！」於是他們一起喝酒，直喝到酒酣耳熱之際，李肅才繞到一個特殊的話題上開了個頭：「肅與賢弟少得相見，令尊卻常會來。」他以同鄉人的口吻很自然地牽連話題到呂布的父親，然而此處的「令尊」卻是另有所指。只不過呂布聽不懂，他說：「兄醉矣！先父棄世多年，安得與兄相會？」肅大笑曰：「非也！某說今日丁刺史耳。」現在呂布聽懂了，這是李肅在嘲笑他，這使得呂布感到羞愧。布惶恐曰：「某在丁建陽處，亦出於無奈。」李肅設計讓呂布自己說出了這關鍵性的一句話，他馬上接口道：「賢弟有擎天駕海之才，四海孰不欽敬？功名富貴，如探囊取物，何言無奈而在人之下乎？」呂布坦白回答：「恨不逢其主耳。」李肅實在太厲害了！他再度誘導呂布主動說出關鍵性的一句話。而此刻李肅人按兵不動，不疾不徐笑著說：「良禽擇木而棲，賢臣擇主而事。見機不早，悔之晚矣。」最後一句「悔之晚矣」，逼得呂布不由得緊張起來，急忙問道：「兄在朝廷，觀何人為世之英雄？」李肅竟然能夠讓呂布主動來問自己這個問題，如此謀略高竿的說客，有勇無謀的呂布怎麼會是他的對手？

話說到這個份上，李肅終於可以亮出底牌了：「某遍觀群臣，皆不如董卓。」如此直接回答，並不顧左右而言他，話鋒多麼犀利！接著他進一步補充解釋道：「董卓為人，敬賢禮士，賞罰分明，終成大業。」這話說得讓呂布動了心，於是呂布再度上鉤：「某欲從之，恨無門路。」李肅便順著這句話，取出了金珠、玉帶陳列在呂布的面前。

我們必須注意到赤兔馬與金珠玉帶，是分兩番取出的，這樣的先後次序，也是李肅高招的地方。呂布立即驚訝地問道：「何為有此？」李肅非常神祕而且小心翼翼地要他令叱退左右，這才告訴呂布：「此是董公久慕大名，特令某將此奉獻。赤兔馬亦董公所贈也。」李肅至此方才覺得時機成熟，於是和盤托出。而呂布也完全中計了，他感動不已地問道：「董公如此見愛，某將何以報之？」李肅於是更進一步做了有效地類推：「如某之不才，尚為虎賁中郎將；公若到彼，貴不可言。」布曰：「恨無涓埃之功，以為進見之禮。」呂布不斷地上當，終於又一次自己說出了李肅希望他問的話。於是肅曰：

「功在翻手之間，公不肯為耳。」布沉吟良久，總算是想通了：「吾欲殺丁原，引軍歸董卓，何如？」這一連串的問答，最妙的是所有關鍵性的話題，都由呂布自己說出。李肅只是看似被動地站在從旁鼓勵的角度說話：「賢弟若能如此，真莫大之功也！但事不宜遲，在於速決。」這是呂布自己願意的，所以旁人只需要輕輕推他一下，事情沒有不成的。

於是呂布與李肅約定明日來降。到了當天夜裡二更時分，呂布輕鬆地提刀徑入丁原帳中。為了金珠赤兔，一刀砍下了丁原的首級。

「拜」一郡守 vs.「加」一郡守——再看漢代人物品評

呂布才殺一義父，隨即又拜了一個義父。對他來說，殺得容易，也拜得容易。董卓立即賜以金甲錦袍，還封他為騎都尉、中郎將、都亭侯。此時李儒才勸董卓可以早定廢立之計。於是話題又回到了廢立一事。董卓乃於省中設宴會集公卿，令呂布率領甲士千餘人，侍衛左右，以此恫嚇文武官員。

這一天，太傅袁隗與百官皆到，酒過數巡，董卓突然按劍說話：「今上闇弱，不可以奉宗廟。吾將依伊尹、霍光故事，廢帝為弘農王，立陳留王為帝。有不從者斬！」細心的讀者也許還記得董卓特地引用伊尹、霍光二故事，其實是從盧植口中學來，可見董卓這個人實在胸中無物，只會現學現賣。

此時董卓狠話一出，群臣惶怖莫敢以對。只有中軍校尉袁紹挺身出來反對董卓：「今上即位未幾，並無失德。汝欲廢嫡立庶，非反而何？」記性好的讀者也許會問：當初勸召外兵董卓者，不就是你袁紹嗎？如今才罵董卓，不嫌太晚了？

第三單元

董卓被罵了以後勃然大怒：「天下事在我！我今為之，誰敢不從？汝視我之劍不利否？」袁紹也不甘示弱拔劍曰：「汝劍利，吾劍未嘗不利！」兩個人就在筵上當面對敵，互不相讓！

立刻便有李儒出來制止：「事未可定，不可妄殺。」袁紹便順勢下了臺階，手提寶刀，辭別百官而出，隨即懸節東門，奔冀州而去了。如此身影，也算去得慷慨。董卓轉頭便把氣出在太傅袁隗身上：「汝姪無禮，吾看汝面，姑恕之。廢立之事若何？」袁隗不得已才說：「太尉所見是也。」看看袁紹，再看袁隗，我們不禁搖頭，這袁氏一族，姪兒頗剛，叔子又太軟。

董卓放聲再說最後一次，以為定論：「敢有阻大議者，以軍法從事！」一時間，群臣震恐，只能悉聽尊命。然而董卓其實還是擔心袁紹此去，會對他不利，侍中周毖分析道：「袁紹忿忿而去，若購之急，勢必為變。且袁氏樹恩四世，門生故吏遍於天下；倘收豪傑以聚徒眾，英雄因之而起，山東非公有也。不如赦之，拜為一郡守，則紹喜於免罪，必無患矣。」周毖這是說袁紹還有用，可以收買。然而另一旁的伍瓊卻持不同的意見：「袁紹好謀無斷，不足為慮。誠不若加之一郡守，以收民心。」這個說法是認為袁紹乃無用，此人實在不足為慮。

那麼究竟董卓會如何處理袁紹的問題？為何同樣是針對袁紹這個人做評論，周毖與伍瓊的意見竟南轅北轍呢？前者說「拜」一郡守，後者卻說「加」一郡守，同樣是做郡守，但背後的理由卻完全不同。漢代的人物品評，實堪玩味，也是很有意思的話題，我們在此先賣個關子，請待下回分解。

第三單元

是屈節？還是應聘？
——毛宗崗也費斟酌

袁紹這個人，無論從四世三公的烜赫家族背景來看；抑或是從他個人的性格好謀而無斷的觀點審視，總之董卓即日差人拜袁紹為渤海太守。單從「拜」這個動詞字眼來看，董卓還是畏懼袁紹的家族勢力及其在山東的人脈連結。

到了九月朔，董卓請皇帝升殿，並大會文武。他拔劍在手，對眾人宣稱：「天子闇弱，不足以君天下。今有策文一道，宜為宣讀。」乃命李儒讀策，宣布廢皇帝為弘農王，皇太后還政。請奉陳留王為皇帝。李儒讀策畢，董卓叱左右扶帝下殿，解其璽綬，北面長跪，稱臣聽命。又呼太后去服候敕。

皇帝與太后在殿上嚎啕大哭！群臣亦不堪悲慘。此時突然階下有一大臣，憤怒高叫：「賊臣董卓，敢為欺天之謀，吾當以頸血濺之！」隨即揮出手中象簡直擊董卓。董卓大怒，喝武士拿下。《三國演義》的作者在寫作上有一慣例，往往先寫突如其來的一個舉動，令人讀者有措手不及之感，等驚爆點過去之後，才悠悠緩緩地揭露謎底，道出人物的身分。這個扔笏板打擊董卓的義士，乃是尚書丁管。

董卓立即命人牽出去斬了。丁管一路罵不絕口，而且至死神色不變。我們試想，故事說到逼迫皇帝下臺的這個節骨眼上，怎可沒有像丁管這樣的人物出來說一句公道話？他的大義凜然，後人有詩總結：「董賊潛懷廢立圖，漢家宗社委丘墟。滿朝臣宰皆囊括，惟有丁公是丈夫。」

董卓殺了丁管之後，便請陳留王登殿，群臣朝賀畢，董卓又命人扶何太后與弘農王及帝妃唐氏於永安宮閒住，並且封鎖宮門，禁群臣無得擅入。捧讀史冊至此，我們不禁感嘆：從前昔桓、靈二帝曾經禁錮黨人，如今卻是天子反為朝臣所禁錮。可憐的少帝自從四月登基，至九月即被廢，在位時間不到半年。而董卓所立陳留王劉協，就是後來又為曹操所挾持的漢獻帝，當時他才九歲，從此踏上了苦難生涯的起始。董卓並自封為相國，自此入朝不趨，贊拜不名，劍履上殿，威福莫之能比。

接著李儒又勸董卓擢用名流，以收人望。他們鎖定的對象是蔡邕。這是一位經學大師，也是古琴行家。蔡邕以六經年代久遠，多有舛錯，於是他與潁川堂溪典、光祿大夫楊賜、諫議大夫馬日磾等學者進行校勘與矯正。蔡邕並親筆將經文書寫於石碑，再命工匠鐫刻，立於洛陽城南太學門外，史稱「熹平石經」，在此一共刻了《易經》、《論語》、《尚書》、《春秋》、《公羊》、《魯詩》、《儀禮》等七種儒家經典。蔡邕同時還與多位學者合作續寫了《東觀漢記》。如此以經學素負盛名，海內人望，董卓即徵召他，而蔡邕也當即就拒絕了。董卓發怒，派人傳話給蔡邕：「如不來，當滅汝族。」蔡邕懼怕，只得應命。董卓知道蔡邕是具有指標性的人物，因此在短短一個月內三遷其官，拜為侍中，而且在眾人面前表現得跟他甚為親厚。

清代評點家毛宗崗在此寫下一段話：「孔光屈節於董賢，谷永依託於王鳳，揚雄失身於新莽，龜山應聘於蔡京，古今同歎。」

以上四人分別是：漢末御史大夫、孔子的第十四世孫孔光對漢哀帝的男寵董賢十分恭謹，漢哀帝很高興，便封孔光的兩個姪兒為諫大夫、常侍。谷永是漢建昭年間的太常丞，當時王鳳勢盛，他是漢元帝皇后王政君的哥哥。漢元帝即位後，王政君的父親王禁封為陽平侯。王鳳為大司馬、大將軍、領尚書事秉政。王氏四兄弟分別位居要津，掌握朝政，導致「王鳳專權，五侯當朝」的局面。而谷永奸諛，曾上奏四十餘事攻擊皇帝、后妃，藉以阿諛王鳳。至於揚雄則是西漢時期的哲學家、文學家，以及語言學家，被封黃門侍郎，與王莽、劉歆等為同僚，曾作〈長楊賦〉，對漢成帝的奢侈多所批評。可是王莽篡漢當政之後，揚雄卻寫下〈劇秦美新〉來美化王莽。最後一個例子是宋徽宗時期著名的理學家楊時，因

「感京之恩，畏京之勢」，因此應權臣蔡京的徵召，批評王安石的新政。以上這些人究竟是投靠？還是避禍？歷史上多有反反覆覆的評論。而毛宗崗以「屈節」、「依託」、「失身」、「應聘」等輕重不一的字眼來形容這些人，可知他也很難以論定。只能說，人一旦落入這樣巨大權勢的陰影中，除非像丁管這樣抱著視死如歸的心志，否則很難不落得屈節與失身吧？

眾人皆哭我獨笑

——袁紹致書與孟德獻刀

李傕灌殺少帝，罪惡滔天！從此以後，董卓每夜入宮，姦淫宮女，夜宿龍床。這已是惡匪強盜的行為，不料他還引軍出城，行到陽城地方。當時正是二月，村民社賽的時節，男男女女聚集歡慶。董卓竟然命軍士將百姓團團圍住，盡皆殺之！並且掠婦女財物裝載於車上，又將人頭千餘顆懸掛於車下，連軫還都，大言不慚地揚言謊稱這是殺賊大勝而回。如此兇殘又荒唐的景象，令人不禁感嘆末世官軍捕盜，往往如此，如今董卓比起那些亂世中的軍官竟更加不堪！

董卓更命軍隊於城門外焚燒人頭，再將婦女財物分散給眾軍。當時有一位越騎校尉伍孚，見董卓如此殘暴，心中憤恨不平。於是在朝服內，披小鎧，藏短刀，想要伺機刺殺董卓。一日，他趁董卓入朝時，迎至閣下，拔刀直刺董卓。熟悉《三國演義》的人都知道，後面接著要行刺董卓的人，乃是大名鼎鼎的曹操。古典小說家敘事時，經常運用一種特殊的筆法，就是在主要故事出現之前，先寫一段同類型故事作為引子，借一個小故事，引出後面的大故事。羅貫中寫行刺，先有伍孚行刺作引。這是運用史實以使小說情節渾然天成富有層次的筆法，我們還可以藉以比較前後兩段故事的異同：那伍孚之勇往直前較勝於曹操，這是因為曹操做事往往顧惜自身，所以突顯出伍孚衝動且奮不顧身的形象。

然而當伍孚刺殺董卓時，卻因為董卓氣力大，兩手摳住了伍孚，於是呂布便上來揪倒伍孚。董卓問：「誰教汝反？」孚瞪目大喝曰：「汝非吾君，吾非汝臣，何反之有！汝罪惡盈天，人人願得而誅之，吾恨不車裂汝以謝天下！」伍孚就是這樣一個敢於痛罵董卓而毫不顧惜自己的人，所以羅貫中才拿他來為後續曹操的行為作鋪墊。前後兩者都是行刺，卻在行為風格上顯現出很大的區別。從而也給讀者帶來了從歷史省思人生的角度。在小說學上則是達到了特犯不犯的藝術效果。

董卓被伍孚斥責之後，勃然大怒，命人將他牽出去剖剮之。而伍孚卻是至死罵不絕口。後人因此有詩贊曰：「漢末忠臣說伍孚，沖天豪氣世間無。朝堂殺賊名猶在，萬古堪稱大丈夫！」而董卓自從發生了這個事件之後，便常帶甲士護衛左右。

話分兩頭說，當時袁紹在渤海，聞知董卓弄權，乃差人齎密書來見王允。此處插入這一段文字，乃是插敘法，同時也就此埋下了一個伏筆。作者在這裡夾寫袁紹致書，是讓讀者回憶起他先前已懸節出奔，而往後將興兵會盟。總之，寫伍孚奮勇，是為了烘托出曹操謹慎；寫董卓弄權，又是為了引出袁紹

三國大時代：三國演義

出兵。小說家最後是要讓我們看到曹操與袁紹的對決。這就是羅貫中的宏觀佈局。也是他寫作很有層次的地方，我們可以在閱讀的同時，予以細細體會。

總之袁紹的信上是這麼說的：「卓賊欺天廢主，人不忍言。而公恣其跋扈，如不聽聞，豈報國效忠之臣哉？紹今集兵練卒，欲掃清王室，未敢輕動。公若有心，當乘間圖之。如有驅使，即當奉命。」司徒王允得到這份書信，一時間尋思無計。有一天，於侍班閣子內，見舊臣俱在，王允便對大家說：「今日老夫賤降，晚間敢屈眾位到舍小酌。」眾官皆曰：「必來祝壽。」當晚王允設宴後堂，公卿皆至。酒行數巡，王允忽然掩面大哭。此處先不說他胸中的心事，而是寫他突然放聲大哭，其實也是很妙的一種小說敘事手法！一方面表現出王允的至情至性，同時也令讀者好奇，想繼續往下看看他究竟為什麼痛哭。

果然眾官驚問：「司徒貴誕，何故發悲？」允曰：「今日並非賤降，因欲與眾位一敘，恐董卓見疑，故託言耳。董卓欺主弄權，社稷旦夕難保。想高皇誅秦滅楚，奄有天下，誰想傳至今日，乃喪於董卓之手：此吾所以哭也。」說到傷心處，大家都有同感，卻只能做楚囚相對。在眾官皆哭的時候，座中卻有一人，獨撫掌大笑。我們知道，這是曹操來了！因為他的登場，以及他的反應往往與讀者的期待視野相反，這就是所謂的「眾人皆哭我獨笑」，毛宗崗曾在此批語寫道：「的是妙人。」

曹操開口便說道：「滿朝公卿，夜哭到明，明哭到夜，還能哭死董卓否？」王允怒曰：「汝祖宗亦食祿漢朝，今不思報國，而反笑耶？」操曰：「吾非笑別事，笑眾位無一計殺董卓耳。操雖不才，願即斷董卓頭，懸之都門，以謝天下。」這段話就帶出來曹操給人的第二個印象：「其語甚壯。」王允聽到這樣豪氣干雲的一席話，立刻知道他有別於眼下眾臣，因而立刻避席問曰：「孟德有何高見？」操曰：「近日操屈身以事卓者，實欲乘間圖之耳。今卓頗信操，操因得時近卓。」這是曹操給我們的第三層印象：他是個很有城府的人，不會逞一時之勇像伍孚那樣輕易地犧牲了自己的性命。他既決定要行刺董卓，便展開事先規劃與佈局。首先虛與委蛇贏得他的信任，再藉由貼身的機會來達到自己的目的。眼下他已經能夠近身董卓了，但是還缺一樣物件，藉以順利達成刺客的任務，於是他向王允開口說道：「聞司徒有七寶刀一口，願借與操，入相府刺殺之，雖死不恨！」

故事至此，我們已經看到「袁紹致書」與「孟德獻刀」，兩人出於同樣的憤激，而曹操的語氣似乎更加豪壯！他與袁紹此刻雖然有共同的目標，但畢竟是兩虎相爭，將來必有一戰！到那時，將是整部《三國演義》最高潮點之一。這雖是後話，卻也是我們最傾心期待的情節。然而眼下王允對曹操的信心顯然遠勝於對袁紹的期許。因此他親自酌酒奉操，並且取寶刀與之。「操藏刀，飲酒畢，即起身辭別眾官而去。」這一小段文字寫得慷慨動色，使讀者彷彿看到了《史記．刺客列傳》荊軻刺秦王的翻版。那荊卿渡易水時壯烈的景象又回到了我們眼前。袁紹的一封信，與曹操反哭為笑的一段話，無形中成為他二人拉開戰局的首度交鋒，後續戰局如何？請待下回分解。

好權變，確是奸雄！

——看曹操的反應

《三國演義》寫曹操刺殺董卓的過程，寫得疑陣重重，驚險萬狀，每令讀者為他捏著冷汗！這情況不亞於他的老師施耐庵筆下的武松打虎。當初也曾教批評家金聖嘆冷汗涔涔！這就是小說家創造人物形象與劇情結構時，往往心懷讀者，希望調度起讀書人的各種情緒反應，進而與他的藝術創作拉開對話空間。

我們先看曹操佩著寶刀，來至相府，從他可以直接進入董卓休息的小閣中，便知他早先對王允所言不假，確實已經獲得董卓的信任。他見董卓坐於床上，呂布侍立於側。董卓開口問道：「孟德來何遲？」曹操順口回答：「馬羸行遲耳。」也虧得他有這麼靈快的反應！後續事敗，才能藉著一匹好馬逃生。同時這段對話，也可視為小說的伏筆。就因為曹操順口說自己的馬羸弱，董卓便讓呂布去挑一匹好馬來送給曹操：「吾有西涼進來好馬，奉先可親去揀一騎賜與孟德。」批書人毛宗崗在此留下了一段與董卓的超時空對話：「多謝。少停，當以寶刀奉答。」此處即顯示出清代的讀者因融入明人小說的劇情中，於是忍不住與劇中人攀談。類似的批語普遍存在於《三國演義》、《水滸傳》與《西遊記》的經典文本中，是我們探索經典文學之讀者反應論的最佳場域。

總之呂布出去挑馬了，這是個絕佳的好機會！因此曹操暗忖：「此賊合死！」因此即欲拔刀刺之，可是又懼怕董卓力大，於是未敢輕動。這恐怕也是他有鑒於先前伍孚之事。可不久之後又出現了另外一個契機，因為董卓身體胖大，不耐久坐，因此倒身而臥，轉面向內。那曹操又思曰：「此賊當休矣！」面對這麼好的機會，曹操急掣寶刀在手，恰待要刺，不想董卓仰面看衣鏡中，照見曹操在背後拔刀，這可是個峰回路轉，意外出奇之事啊！而小說家卻又寫得情景如畫，讓讀者深覺宛若在目。董卓嚇了一跳，急回身問：「孟德何為？」幸虧董卓反應慢，還沒意識到曹操的意圖。不過讀者讀書至此，已為曹操捏了一把冷汗。更恰巧的是，此刻呂布牽馬來至閣外。作者夾寫此句，也是為了再度讓讀者吃驚不小。

曹操惶遽之下，乃持刀跪下：「操有寶刀一口，獻上恩相。」毛宗崗立刻拍案叫絕：「好權變，確是奸雄！」其實要刺殺董卓，未必需要這把七星寶刀，所以我們可以試想，曹操當初向王允索要這把刀，也許是已經預見到了自己可能失敗，因而預先留下了退路。也就是毛宗崗所說的：「預為地也。」

獻刀之舉，未必不在曹操算中。」幸好董卓沒有警覺性，也真的夠傻，他接過這柄寶刀看了又看，只見「其刀長尺餘，七寶嵌飾，極其鋒利。果寶刀也。」此處我們還真的不得不佩服羅貫中，在這麼緊張的時刻，他能夠忙裡偷閒，補寫寶刀的形制，這種「忙中閒筆」也是古典小說家調度讀者情緒反應的靈活手法。

董卓看刀之後，曹操才解下刀鞘遞上。而董卓即使再不聰明，到了此刻也應該發現曹操的破綻了，因為曹操先拔刀，後解鞘，這明明就是行刺。可笑的是董卓愚莽，至此尚未覺悟。當然也可以說是曹操戲演得好，那董卓不僅不懷疑，還帶著曹操出閣去看馬，曹操謝曰：「願借試一騎。」此處顯示董卓雖然不疑，可曹操卻心虛得很！所以小說家寫他急忙要試馬，就是害怕董卓一時醒悟過來。接著我們看到曹操牽馬出相府，加鞭望東南而去。這裡也寫得很妙！我們看他來時遲，又去得快。像他這樣的人，如此聰明利索！絕不會落入伍孚的後塵。因此毛氏評點曰：「奸雄妙算如神！」

故事收尾處，竟然是有勇無謀的呂布先意識到了曹操不軌的意圖，他對董卓曰：「適來曹操似有行刺之狀，及被喝破，故推獻刀。」畢竟是呂布略比董卓乖覺些。卓曰：「吾亦疑之。」我們相信這不過是他的順口話，因為從曹操進門到他揚長而去，董卓都不曾有疑。最後是聰明的李儒來了。他若是早一點來，恐怕曹孟德會脫不了身。董卓將自己與呂布的懷疑告訴了李儒。李儒替董卓想了一個辦法：「操無妻小在京，只獨居寓所。今差人往召，如彼無疑而便來，則是獻刀；如推託不來，則必是行刺，便可擒而問也。」像李儒這樣具有機變與權謀的人，只可惜他是董卓的令坦。既做了董卓的女婿，這一生恐怕也就走不上正途了。而曹操單身在京，這段話是從李儒口中帶敘出來的，這也就是古典小說家經常使用的一種「省筆」。只需要輕描淡寫地說一句，就能免掉許多無謂的筆墨。

董卓聽從李儒的建議，即差獄卒四人往喚曹操。去了良久，回報曰：「操不曾回寓，乘馬飛出東門。門吏問之，操曰『丞相差我有緊急公事。』縱馬而去矣。」這段話又是一個「省筆」，從獄卒口中補敘出來，讀者便能看見曹操心虛逃竄的模樣，同時也為董卓證實了曹操乃行刺無疑矣。這時董卓才想到要「遍行文書，畫影圖形，捉拿曹操，擒獻者賞千金，封萬戶侯，窩藏者同罪。」那曹操可是歸山的猛虎，以董卓這樣慢半拍的反應，想要擒拿曹操，天涯海角，談何容易？

命運的變化起伏

——曹操與陳宮

曹操刺殺董卓不成，被緝拿在案，他逃出城外，飛奔譙郡。譙郡這個地名一出現，我們身為讀者應該具備歷史和地理的背景知識，立刻就知道曹操這個舉動是要返回故鄉了。譙郡在今天安徽亳州譙城區。東漢建安二十四年（西元二一九年）朝廷分沛國立譙郡治譙縣。到了魏黃初二年（西元二二一年），魏文帝曹丕更封譙郡為陪都，與許昌、長安、洛陽、鄴並稱為五都。

可是曹操路經中牟縣，也就是今天的河南鄭州，卻為守關軍士所逮捕了！這是個意外的插曲，不僅讓讀者感到意外，同時也會聯想到此番刺殺案，也許會牽連到司徒王允吧？不過，中牟縣這裡卻發生了離奇的狀況。當然這又是一個峰回路轉的特殊情節，非常吸引讀者的目光。話說曹操被捉拿，他對中牟縣令說：「我是客商，複姓皇甫。」那縣令卻不說話，只是看著曹操，沉吟半晌。僅是這個舉動，就讓我們感到很困惑，究竟這位縣令在想什麼呢？看起來，他也是個有故事的人呢！因此我覺得羅貫中此刻這個關子賣得好！

縣令看著曹操半天之後才說道：「我先前在洛陽求官時，曾認得你是曹操，為什麼要騙我？來人啊，先把他羈押看守著，待明日押解去京師請賞。」這位縣令在「熟視沉吟」之後，竟然斬釘截鐵地說出這樣的話來！恐怕曹操這次是死路一條了！卻沒想到故事又再度出現逆轉。那些把關的軍士喝酒喝到深夜，俱都不省人事。那縣令卻暗地裡喚親信將曹操帶到後院中由他親自審訊。至此，我們大概知道了縣令白天「熟視沉吟」時，肯定是在預謀著什麼計劃了。

他問曹操：「我聽說丞相待你不薄，你為何要自取其禍？」曹操突然發出豪語：「燕雀安知鴻鵠志哉！汝既拿住我，便當解去請賞。何必多問！」此刻我們應該佩服曹操，他也許是看出來這位縣令話中有話，因此憑藉著他過人的眼力與膽識，想要打動縣令的心。果然縣令被他一激，立刻摒退左右，小聲說道：「汝休小覷我。我非俗吏，奈未遇其主耳。」所以此縣令也是個有心人。曹操於是說道：「吾祖宗世食漢祿，若不思報國，與禽獸何異？吾屈身事卓者，欲乘間圖之，為國除害耳。今事不成，乃天意也！」從這段話，我們也可以看出曹操此時是個很正派的人。縣令聽了曹操的話，立刻表現出他的親切態度：「孟德此行，將欲何往？」曹操曰：「吾將歸鄉里，發矯詔，召天下諸侯興兵共誅董卓：吾之願也。」此論詞直而氣壯，與縣令的心意相合。他於是親釋其縛，扶之上坐，再拜曰：「公真天下忠義之士也！」羅貫中寫曹操逃亡、被捕、獲釋，幾經轉折，命運如此變化起伏，簡直令人難以置信。此外，他寫這位縣令，也運用了三步驟：先沉吟，次密召，後拜服，亦可謂次序井然。而且直到最後，作者才揭開謎底，剖露這位縣令的名姓。這當然也顯示出羅貫中說故事技巧的練達與純熟。

曹操亦拜問縣令姓名。縣令曰：「吾姓陳，名宮，字公臺。老母妻子，皆在東郡。今感公忠義，願棄一官，從公而逃。」陳宮特別提到他的老母與妻子，乃是一個伏筆，對應到日後白門樓中，曹操擒拿呂布，卻猶豫著要不要殺陳宮時，陳宮所說的話。

陳宮對於曹操不特相救，而且相從，這份恩情，不可謂不厚矣。而他們兩人一生的恩怨情仇，都從這裡開始，我們再悉心往下閱讀，勢必為他們一生的遭遇與變故而感慨繫之，撫今悼昔。

第三單元

驚世謀殺罪

——羅貫中如何書寫呂伯奢滅門命案？

深夜裡，陳宮與曹操收拾了行囊，各背一口劍，騎馬出城。他們走了三天三夜，來到了一個地方叫做成皋，這是在今天的河南省汜水縣西北境。此處為歷代兵家必爭之地，想當年項羽與劉邦就曾經對峙於此。如今這裡住著一位名人，喚作呂伯奢。

當時天色向晚，曹操以馬鞭指林深處，告訴陳宮：「此間有一人，姓呂，名伯奢，是吾父結義弟兄。就往問家中消息，覓一宿，如何？」陳宮曰：「最好。」二人於是至莊前下馬，入見伯奢。呂伯奢見到曹操，開口便說：「我聞朝廷遍行文書，捉汝甚急，汝父已避陳留去了。汝如何得至此？」曹操告訴呂伯奢：「若非陳縣令，我已粉骨碎身矣。」伯奢於是拜陳宮曰：「小姪若非使君，曹氏滅門矣。使君寬懷安坐，今晚便可下榻草舍。」說罷，即起身入內。良久乃出。此「良久」二字寫呂伯奢舉動可疑，應是為下文埋了伏筆。然後他對陳宮曰：「老夫家無好酒，容往西村沽一樽來相待。」言訖，匆匆上驢而去。呂老先生匆匆而去，這個舉動就更是可疑了！

曹操與陳宮坐了許久，對於逃亡之人而言，這段時間恐怕心理壓力極大！二人都在驚弓之鳥的處境中，忽然聽見莊後有磨刀之聲！這就愈發使人驚疑！曹操曰：「呂伯奢非吾至親，此去可疑，當竊聽之。」其實不僅是曹操覺得可疑，我們所有的讀者讀書至此，都覺得相當可疑吧！於是他二人潛步入草堂後，但聞人語曰：「縛而殺之，何如？」光是這一句話，就足以嚇死人了！曹操斷定：「是矣！今若不先下手，必遭擒獲。」遂與陳宮拔劍直入，不問男女，皆殺之，一連殺死八口。然後搜至廚下，卻見縛一豬欲殺。這下可不得了！是曹孟德心多，誤殺好人矣！曹操與陳宮急出莊，上馬而行。行不到二里，只見伯奢驢鞍前懸酒二瓶，手攜果菜而來，一邊叫曰：「賢姪與使君何故便去？」曹操曰：「被罪之人，不敢久住。」伯奢曰：「吾已分付家人宰一豬相款。」所以我們終於知道，剛才呂伯奢待在室內良久，是為了交代家人宰豬款待曹操與陳宮。

呂伯奢款留曹操：「賢姪、使君何憎一宿？速請轉騎。」曹操不理會他，策馬便行。行不數步，忽拔劍復回，叫伯奢曰：「此來者何人？」伯奢回頭看時，操揮劍砍伯奢於驢下。此處批書人毛宗崗氣得大罵：「乃翁之結義兄弟也，而既殺其家，復殺其身，咄哉阿瞞！豈堪復與劉、關、張三人作狗彘耶？」那陳宮也大驚失色：「適纔誤耳，今何為也？」操曰：「伯奢到家，見殺死多人，安肯干休？若率眾來追，必遭其禍矣。」其實曹操此等見識，原是不差。然而陳宮卻不能接受：「知而故殺，大不義也。」曹操也氣了，終於逼出了那句千古名言：「寧教我負天下人，休教天下人負我。」曹操這個人從何進被殺，到他們謀劃行刺董卓為止，一路以來的表現，都讓人覺得可圈可點。如今忽然說出奸雄之語，其人物形象是不是有點前後不對焦？其實曹操因誤會而殺害呂伯奢全家一事，並未記載於正史《三國志》，而《三國演義》裡的這段故事乃源自以下出處，其一是《世語》記載當時呂伯奢正外出，他的五個兒子卻都在家，而且極為殷勤地招待曹操，曹操便懷疑他們受董卓之命，想要謀害他，於是殺害其一家八人後離去。此外，孫盛《雜記》中記載因曹操聽到食器碰撞的聲響，懷疑呂伯奢欲加害於他，因此趁夜將他殺害，所謂「寧我負人，毋人負我！」這句話便是出自此書。《三國演義》的作者羅貫中便是採用了《世語》和《雜記》的敘述，糅合改編而成就了為一代奸雄定調與定性的著名篇章。

至於正史《魏書》的記載則是：「太祖以卓終必覆敗，遂不就拜，逃歸鄉里。從數騎過故人成皐呂伯奢；伯奢不在，其子與賓客共劫太祖，取馬及物，太祖手刃擊殺數人。」那就是說，曹操是被搶劫了，出於自保才殺人的。《魏書》顯然是在為曹操脫罪，因此這個版本恐怕不足為據。令人嘆息連連的是，那呂伯奢的墳墓至今還在中牟縣城北。一千八百年來，他也算是看盡了中原大地的歷史滄桑，當然也親身經歷了當年轟動一時的驚人謀殺案。

智、勇、忠、義的祖茂

——小小頭幘見忠心

曹操殺害呂伯奢全家之後，陳宮見道不同，不相與謀，是故與他分道揚鑣。曹操獨自趕回家鄉，招兵買馬，力圖討伐董卓。至此各路諸侯蠭起，共推袁紹為盟主，準備攻打董卓。

董卓自專大權之後，每日飲宴。一日得知軍情告急，便聚眾將商議。那溫侯呂布挺身而出：「父親勿慮。關外諸侯，布視之如草芥。願提虎狼之師，盡斬其首，懸於都門。」言猶未絕，呂布背後突然冒出一個人，高聲說道：「『割雞焉用牛刀』？不勞溫侯親往。吾斬眾諸侯首級，如探囊取物耳！」

這個口出狂言的人是誰呢？這就讓我們從董卓的眼中來端詳他：「其人身長九尺，虎體狼腰，豹頭猿臂。關西人也，姓華，名雄。」董卓看他如此魁梧驍勇，立刻加封他為驍騎校尉。再撥馬步軍五萬，同李肅、胡軫、趙岑星夜赴關迎敵。

第三單元

反觀眾諸侯這邊有濟北相鮑信，他怕孫堅擔任前部，會奪了頭功，於是暗中調撥他的弟弟鮑忠，先率領馬步軍三千，徑抄小路，直到關下搦戰。那華雄迎戰的姿態，在小說裡寫得實在太美：「華雄引鐵騎五百，飛下關來，大喝一聲：賊將休走！」結果，說時遲那時快，鮑忠還來不及退回，就被華雄手起刀落，斬於馬下。華雄這邊生擒將校極多，又派人將鮑忠的首級送到相府報捷，看得董卓大喜！加華雄為都督。

接下來上場挑戰華雄的是孫堅，他引四將直至關前。那四將？第一個是程普，使一條鐵脊蛇矛。第二個是黃蓋，使鐵鞭。第三個是韓當，使一口大刀。第四個是祖茂，使雙刀。至於為首的孫堅則是披爛銀鎧，裹赤幘，橫古錠刀，騎花鬃馬，指關上而罵：「助惡匹夫，何不早降！」這一段文字寫五大將威風蓋世！既彰顯了《三國演義》英雄書寫的主題特色；同時也讓我們看到羅貫中寫作借鏡《水滸傳》裡諸多好漢各使看家武器顯本領的形象刻劃。同時我們還得特別留心孫堅頭上的「赤幘」，這個小小的物件，將會引來一段可歌可泣的人物書寫！因此這裡也可以算是作者預先埋下了一個伏筆。

面對孫堅為首的五大將，華雄的副將胡軫引兵五千，出關迎戰。程普飛馬挺矛，直取胡軫。鬥不數合，程普刺中胡軫咽喉，死於馬下。這裡可為一筆寫二人，寫程普，其實也是在寫孫堅。副將神勇如此，那主將便不言而喻了。而前番寫鮑忠的失敗，其實也是為了拉抬後文孫堅出眾的戰績。這是《三國演義》很有層次的書寫筆法。總之，程普獲勝之後，孫堅揮軍直殺至關前，關上矢石如雨。孫堅只得引兵回至梁東屯住，一面使人於袁紹處報捷，同時又到袁術處催糧。

但是有人卻對袁術咬耳朵：「孫堅乃江東猛虎，若打破洛陽，殺了董卓，正是除狼而得虎也。今不與糧，彼軍必散。」袁術聽信了這話，竟然就不發糧草。故事寫到這裡，清代批書人毛宗崗氣得牙癢癢：「袁術誤事，可恨可恨！」

孫堅軍隊缺糧的消息傳到華雄的帳營中，李肅便為華雄提出一個計謀：「今夜我引一軍從小路下關，襲孫堅寨後。將軍擊其前寨，堅可擒矣。」華雄從之，傳令軍士飽餐，乘夜下關。

這個夜晚，月白風清，華雄軍隊到達孫堅營寨時，已是半夜，大軍鼓噪直進。孫堅慌忙披掛上馬，一出來就遇著華雄。兩馬相交，鬥不數合，後面李肅軍竟放起火來！在這風月之下放火，必然風助火勢，月助火光，焰光火勢分外猛烈！孫堅軍隊到處亂竄，眾將各自混戰。只有祖茂跟定孫堅，突圍而走。背後華雄追來。孫堅取箭，連放兩箭，皆被華雄躲過；再放第三箭時，因用力太猛，拽折了鵲畫弓，只得棄弓縱馬而奔。祖茂曰：「主公頭上赤幘射目，為賊所識認，可脫幘與某戴之。」大家還記得前文有「月白風清」之句，除了暗示讀者偷襲之人可藉此助長火勢之外，同時還告訴我們，孫堅頭上的赤幘，在火光與月光之下，是很顯眼的目標！那祖茂願意豁出性命戴上孫堅的赤幘來引開敵人，他的智、勇、忠、義，可謂色色具足了。孫堅於是脫幘換上祖茂的頭盔，二人迅速分兩路而走。華雄軍隊只望赤幘者追趕，孫堅乃從小路得脫。祖茂也很聰明，他被華雄追急了，便將赤幘掛於路旁人家燒不盡的庭柱上，自己鑽入樹林潛躲。華雄軍於月下遙見赤幘，四面圍定，不敢近前。因為他們知道孫堅英勇，敵將俱是攝服。因此他們只敢用箭射之，許久以後，方知是計，遂向前取了赤幘。這時祖茂從樹林後面殺出，揮雙刀欲劈華雄。華雄大喝一聲，將祖茂一刀砍於馬下。孫堅至此折損了祖茂，這使得他傷感不已，同時還得星夜遣人報知袁紹。盟主袁紹聞訊大驚：「不想孫文臺敗於華雄之手！」

好一個華雄！在幾回合之間，手起刀落，連斬數將，引發諸侯軍內部的恐慌！那麼究竟誰才能夠收拾他呢？且聽下回分解。

酒尚溫時斬華雄

——小說家如何寫出關羽的神勇！

當日袁紹眼看孫堅敗給了華雄，一時間無計可施，向眾將說道：「前日鮑將軍之弟不遵調遣，擅自進兵，殺身喪命，折了許多軍士；今者孫文臺又敗於華雄。挫動銳氣，為之奈何？」其實孫堅之敗，背後重要的原因在於袁術私心重，不肯發糧。然而袁紹當眾就是不提這一檔事，這就是徇私。

此時袁紹舉目遍視，突然看見公孫瓚背後立著三人，容貌異常，更詭異的是，這三個人卻都在那裡冷笑！這是羅貫中想要極力地表達劉、關、張的神色。只不過從現實處境中，我們還是可以看到這三人其實很不得志，因為他們都還在人背後立著，等待著高位者的賞識與任用，這情景豈不可嘆！

總之，袁紹就問了：「公孫太守背後何人？」公孫瓚於是讓玄德出列，並且介紹道：「此吾自幼同舍兄弟，平原令劉備是也。」曹操突然想起來說道：「莫非破黃巾劉玄德乎？」公孫瓚曰：「然。」並且進一步將玄德功勞，以及其出身，細說一遍。袁紹曰：「既是漢室宗派，取坐來。」從袁紹「命坐」

第三單元

這一舉動中，我們可以看到，袁本初原是憑著自己家世背景極好，因此榮登諸侯軍的盟主，於是在他的思想裡，便只重家世，而不重功勳，如今他見到劉備家世更好，於是連忙賜坐。因此玄德乃坐於末位，而關、張叉手侍立於後。

緊接著探子來報：「華雄引鐵騎下關，用長竿挑著孫太守赤幘，來寨前大罵搦戰。」袁紹立刻問道：「誰敢去戰？」袁術背後轉出驍將俞涉，曰：「小將願往。」袁紹大喜，便著俞涉出馬。可是這俞涉才出去沒多久，探子卻又即時報來：「俞涉與華雄戰不三合，被華雄斬了。」各路諸侯皆大驚！其實我們所有讀者都知道，俞涉的出戰是一筆虛寫，這乃是為了鋪陳後面關羽的威武神勇。

緊接著作家再寫太守韓馥上前說道：「吾有上將潘鳳，可斬華雄。」袁紹迫不及待便令他出戰。潘鳳於是手提大斧上馬。只可惜去不多時，又見飛馬來報：「潘鳳又被華雄斬了。」其實潘鳳的上陣也是虛寫，作者的目的就是要將華雄寫得聲勢高張，唯有如此才越能夠襯托出雲長的聲勢還在華雄之上！

潘鳳被斬，袁紹只能嘆息：「可惜吾上將顏良、文醜未至！得一人在此，何懼華雄！」此言一出，很可能是小說家為了創造出一個特殊的效果，那就是激惱關雲長。果然言未畢，階下一人大呼出曰：「小將願往斬華雄頭，獻於帳下！」看來關雲長早就已經很不耐煩，也等不及了！而一旦他開口說話，我們就能夠隨著各路諸侯及眾將領的眼光來端詳關羽這號人物的相貌了：「其人身長九尺，髯長二尺，丹鳳眼，臥蠶眉，面如重棗，聲如巨鐘，立於帳前。」帳中諸將是第一次正眼瞧關羽，因此人人都很驚訝！袁紹便問這是何人？其實我們可以很俏皮的回答他：「這就是來日會連續誅殺顏良、文醜之人啊！」而在現實處境中，便是由公孫瓚出面回答曰：「此劉玄德之弟關羽也。」袁紹這麼一個只重視出身背景的人，當然會問：「現居何職？」公孫瓚也只能回答曰：「跟隨劉玄德充馬弓手。」那帳上袁術立刻大喝曰：「汝欺吾眾諸侯無大將耶？量一弓手，安敢亂言！與我打出！」此時唯有曹操慧眼獨具，他急忙止之曰：「公路息怒。此人既出大言，必有勇略。試教出馬，如其不勝，責之未遲。」袁紹還是有疑慮：「使一弓手出戰，必被華雄所笑。」我們讀書之餘，實不免感嘆袁紹、袁術可謂同樣眼光短淺。此刻幸虧還是曹操力保：「此人儀表不俗，華雄安知他是弓手？」關公也自我推薦說道：「如不勝，請斬某頭。」曹操於是教人釃熱酒一杯，與關公飲了上馬。我們要說此時的曹阿瞞確實挺可愛的！可是關公卻說：「酒且斟下，某去便來。」發下豪語之後，關羽隨即出帳提刀，飛身上馬。

接著小說的視角依然留在眾諸侯的營帳裡，作家特別寫出諸侯軍這一方的緊張和焦慮：「（眾人）聽得關外鼓聲大振，喊聲大舉，如天摧地塌、嶽撼山崩，眾皆失驚。」此處乃是虛筆勾勒出戰場上兩員大將正在交鋒的驚險場面。很快地，鸞鈴響處，馬到中軍，雲長提著華雄之頭，擲於地上，而其酒尚溫……。

其實作家寫關雲長的百倍聲勢，靠的就是背後層層鋪陳：前有孫堅，後有俞涉、潘鳳都敗在華雄的手下，最後才點出關羽神速上陣斬華雄。拚殺結束之後，作家再寫一首詩收尾，讓我們感受到關羽千古以降，難以抹滅的英雄氣概：「威鎮乾坤第一功，轅門畫鼓響咚咚。雲長停盞施英勇，酒尚溫時斬華雄。」

韻散交替、重複敘事

——羅貫中寫「三英戰呂布」

華雄被關羽斬殺之後，董卓起兵二十萬，分為兩路而來：一路先令李傕、郭汜引兵五萬，把住汜水關，不要廝殺；另一路是董卓親自率領十五萬部隊，同李儒、呂布、樊稠、張濟等守虎牢關。這虎牢關其實就等同於汜水關，其地理位置在今天的河南省滎陽市汜水鎮，是洛陽東邊的門戶，它的名稱相傳是起源於西周穆王在此圈養猛虎故而得名。虎牢關南接嵩山，北瀕黃河，在山嶺交錯之間形成天險，成為歷代兵家必爭之地。如今董卓率領軍馬到此關，令呂布領三萬軍去關下紮住大寨。董卓自在關上屯駐。

當時有流星馬探得此消息，遂報入袁紹大寨。袁紹聚眾商議。曹操曰：「董卓屯兵虎牢，截俺諸侯中路，今可勒兵一半迎敵。」袁紹乃分王匡、喬瑁、鮑信、袁遺、孔融、張楊、陶謙、公孫瓚八路諸侯往虎牢關迎敵。曹操引軍往來救應。於是八路諸侯，各自起兵。河內太守王匡，引兵先到。呂布帶鐵騎三千，飛奔來迎。王匡將軍馬排列成陣，但見呂布出陣，英姿雄偉：「頭戴三叉束髮紫金冠，體掛西川紅錦百花袍，身披獸面吞頭連環鎧，腰繫勒甲玲瓏獅蠻帶。弓箭隨身，手持畫戟，坐下嘶風赤兔馬，果然是『人中呂布，馬中赤兔』。」此處的描寫，如同我們先前所說過的，也是一種鋪墊，作者這麼寫呂布的威嚇聲勢，目的是在襯托出後續即將出場的劉、關、張一山還有一山高的威猛形象。

王匡看見呂布，回頭問曰：「誰敢出戰？」後面一將，縱馬挺槍而出，這人是河內名將方悅。可惜兩馬相交不到五回合，方悅就被呂布一戟刺於馬下，呂布隨即挺戟直衝過來。匡軍大敗，四散奔走。呂布東西衝殺，如入無人之境！幸得諸侯聯軍中的喬瑁、袁遺兩軍趕至，來救王匡，呂布方才撤退。如今三路諸侯各折了些人馬，於是退三十里下寨。隨後五路軍馬都至，大家聚集在一處商議。此八路人馬，寫得參差有勢，也是羅貫中筆調很好的地方。而這八路諸侯聚在一起的時候也都說：「呂布英雄，無人可敵。」大家一時之間，還拿不出辦法來。

正在焦慮之間，小校報來：「呂布搦戰。」八路諸侯，一齊上馬，準備奮勇作戰。他們軍分八隊，布在高岡。遙望呂布一簇軍馬繡旗招颭，先來衝陣。上黨太守張楊部將穆順，出馬挺槍迎戰，被呂布手起一戟刺於馬下。眾人大驚！接著是北海太守孔融部將武安國，使鐵鎚飛馬而出。呂布揮戟拍馬來迎，戰到十餘合，一戟砍斷安國手腕，棄鎚於地而走。眼看著連敗兩場，於是八路軍兵齊出，救了武安國。呂布這才退回去了。

眾諸侯回寨商議。曹操曰：「呂布英勇無敵，可會十八路諸侯，共議良策。若擒了呂布，董卓易誅耳！」正議間，呂布又引兵搦戰。八路諸侯齊出。公孫瓚揮槊親戰呂布。戰不數合，瓚敗走，呂布縱赤兔馬緊追而來。那馬日行千里，飛走如風，眼看著就要趕上。呂布舉起畫戟，望瓚後心便刺。旁邊一將，圓睜環眼，倒豎虎鬚，挺丈八蛇矛，飛馬大叫：「三姓家奴休走！燕人張飛在此！」《三國演義》的作者在殺華雄的那個段落裡，先寫雲長；此時要戰呂布便先寫翼德，也是具有變化的好筆調。

呂布見到張飛衝來，便棄了公孫瓚，來戰張飛。那張飛抖擻精神，酣戰呂布。連鬥五十餘合，不分勝負。雲長見了，把馬一拍，舞八十二斤青龍偃月刀，來夾攻呂布。三匹馬丁字兒廝殺。戰到三十合，還是戰不倒呂布。劉玄德掣雙股劍，驟黃鬃馬，也來助戰。這三人圍住呂布，轉燈兒般廝殺。那八路人馬都看得呆了。呂布架隔遮攔不定，看著玄德面上，虛刺一戟，玄德急閃。呂布蕩開陣角，倒拖畫戟，飛馬便回。三兄弟卻拍馬趕來，緊追不捨。隨後八路軍兵，喊聲大震，一齊掩殺。呂布軍馬望關上奔走，玄德、關、張隨後趕來。

小說第五回在三英戰呂布這個段落結束前，由散文轉為韻文，列出一首長篇古體詩，改以唱詞的形式來反覆讚頌玄德、關、張三戰呂布，完成了韻散交替的傳統說唱形式。而作者選用長篇敘事詩的方式來重複書寫這個段落，其目的也是在褒獎和張揚劉、關、張三人的英勇無雙。其中有部分詩句如下：

「溫侯呂布世無比，雄才四海誇英偉。護軀銀鎧砌龍鱗，束髮金冠簪雉尾。參差寶帶獸平吞，錯落錦袍飛鳳起。龍駒跳踏起天風，畫戟熒煌射秋水。出關搦戰誰敢當？諸侯膽裂心惶惶。踴出燕人張翼德，手持蛇矛丈八槍。虎鬚倒豎翻金線，環眼圓睜起電光。酣戰未能分勝敗，陣前惱起關雲長。青龍寶刀燦霜雪，鸚鵡戰袍飛蛺蝶。馬蹄到處鬼神嚎，目前一怒應流血。梟雄玄德掣雙鋒，抖擻天威施勇烈。三人圍繞戰多時，遮攔架隔無休歇。喊聲震動天地翻，殺氣迷漫牛斗寒。呂布力窮尋走路，遙望家山拍馬還。倒拖畫杆方天戟，亂散銷金五彩幡。頓斷線絛走赤兔，翻身飛上虎牢關。」

劉、關、張三人直趕呂布到關下，看見關上西風飄動青羅傘蓋。張飛快人快語大叫：「此必董卓！追呂布有甚強處？不如先拿董賊，便是斬草除根！」於是拍馬上關，來擒董卓。就在這個地方，故事告一段落，欲知後事，得續看下回。中國古代章回小說，在每回之末，定作異樣驚人之語，而且賣足了關子，其製造懸念目的就是為了讓讀者驚嘆連連，並且保證接著往下看。所以我們也在這裡稍微收攝情節，期待讀者們繼續閱讀後面的故事。

匹夫無罪，懷璧其罪

——亂世的財富

三英戰呂布之後，小說情節盪開一筆，袁紹故意不提劉、關、張的捷報，也不予以獎勵，反而令孫堅進兵。此處評點家毛宗崗表示不滿，但其實也是作者羅貫中的不寫之寫，袁紹既不責難自己的弟弟袁術之不發糧；又故意忽視劉、關、張的戰功，其心胸氣度之狹隘，已不言而喻。

而此刻孫堅既得令，便直接來到袁術寨中，以杖畫地，曰：「董卓與我本無仇隙，今我奮不顧身，親冒矢石來決死戰者，上為國家討賊，下為將軍家門之私。而將軍卻聽讒言，不發糧草，致堅敗績。將軍何安？」孫堅所說的家門之私，乃指袁隗之受害。而他整段話的意思便是在責備袁術無君無父，是個不道德之人！袁術面對這樣的當面指責，怕得要命！小說裡寫他：「惶恐無言，命斬進讒之人，以謝孫堅。」

第三單元

這時忽然有人報孫堅：「關上有一將乘馬來寨中，要見將軍。」孫堅立刻喚來詢問，原來此人乃是董卓的愛將李傕。他怎麼來了？這教我們感到很意外！孫堅問曰：「汝來何為？」李傕說：「丞相所敬者，惟將軍耳。今特使傕來結親：丞相有女，欲配將軍之子。」面對這麼突如其來的提親，孫堅大怒：「董卓逆天無道，蕩覆王室，吾欲夷其九族以謝天下，安肯與逆賊結親耶！吾不斬汝，汝當速去，早早獻關，饒你性命！倘若遲誤，粉骨碎身！」我們可以留意孫堅的講話，無論是先前對袁術的當面指責，或是後面對李傕的慷慨陳詞，處處都展現出男子漢的英雄氣概！也可見他是一個心胸光明磊落之人。

李傕也就被他幾句話嚇得抱頭鼠竄，回見董卓，說孫堅非常無禮。董卓於是怒問李儒該怎麼辦？儒曰：「不若引兵回洛陽，遷帝於長安，以應童謠。」原來最近民間傳唱著一首童謠：「西頭一個漢，東頭一個漢。鹿走入長安，方可無斯難。」這使得李儒想到：西頭一個漢，乃應漢高祖興旺於西都長安，傳了一十二帝；而東頭一個漢，乃應光武興旺於東都洛陽，到目前也傳了一十二帝。因此天運合回。他建議董卓應遷都回長安，乃保無虞。

董卓聞言有大徹大悟的驚喜，遂引呂布星夜回洛陽，商議遷都。然後聚文武官員於朝堂，說道：「漢東都洛陽三百餘年，氣數已衰。吾觀旺氣，實在長安。吾欲奉駕西幸，汝等各宜促裝！」司徒楊彪立刻反對：「關中殘破零落。今無故捐宗廟、棄皇陵，恐百姓驚動。天下動之至易，安之至難，望丞相鑒察。」楊彪也是為百姓著想，可是董卓卻大怒：「汝阻國家大計耶？」而太尉黃琬卻也冒著危險挺身而出贊同楊彪：「楊司徒之言是也。往者王莽篡逆，更始赤眉之時，焚燒長安，盡為瓦礫之地；更兼人民流移，百無一二。今棄宮室而就荒地，非所宜也。」黃琬是從朝廷的角度，極言荒地不可建都。然而董卓依然堅持：「關東賊起，天下播亂。長安有崤函之險；更近隴右，木石磚瓦克日可辦，宮室營造不須月餘。汝等再休亂言。」可是司徒荀爽接著諫言：「丞相若欲遷都，百姓騷動不寧矣。」荀爽的諫言也是站在百姓的角度為其設想。董卓更生氣了！竟然口出狂言：「吾為天下計，豈惜小民哉！」如此拋卻百姓的丞相，安能擁有天下？董卓講話確是不通，同時也反映出他的心態非常可議！

眼下他罷楊彪、黃琬、荀爽為庶民，然後出門上車，可是前面又出現了兩個人，他們是尚書周毖和城門校尉伍瓊。董卓一問得知他們也是來阻止遷都的，立刻勃然大怒：「我始初聽你兩個，保用袁紹；今紹已反，是汝等一黨！」說完之後，翻臉不認人，立即叱武士將此二人推出都門斬首。同時下令遷都，限來日便行。

然而遷都費用拮据，怎麼辦？李儒又進言：「今錢糧缺少，洛陽富戶極多，可籍沒入官。僅袁紹等門下，殺其宗黨而抄其家貲，必得巨萬。」我們讀《詩．小雅．正月》：「哿矣富人，哀此惸獨。」詩人感傷地說：富貴人家多歡樂啊！鰥寡無依的人只剩下哀傷。而評點家毛宗崗在這首詩的對比聯想下，進而感傷地認為即使《詩經》的年代歷經了周幽王、周厲王之朝，與董卓的時代相比，猶可稱之為盛世了。

董卓聽信李儒的話，差鐵騎五千、遍行捉拿洛陽富戶共數千家，插旗頭上，大書「反臣逆黨」，盡斬於城外，以取其金貲。這真是「匹夫無罪，懷璧其罪」。我們只能感嘆地說，人生亂世，又不幸致富，便活該被殺戮。當年陶朱公三致千金而三散之，不也就是害怕亂世的財富嗎？

李傕、郭汜盡驅洛陽之民數百萬口，前赴長安。如此看來富有的人該死，貧窮的人又被迫遷徙，他們到底所犯何罪啊？當時每百姓一隊，間軍一隊，互相拖押。死於溝壑者，不可勝數。董卓又放縱軍士淫人妻女，奪人糧食。因此啼哭之聲，震動天地！這已經不是丞相要遷都，而是強盜殺人的行徑了。老百姓當中，如有行走得遲者，背後三千軍催督，軍士手執白刃，於路上直接殺人。而董卓臨行前，還教諸門放火焚燒居民房屋，並放火燒宗廟宮府。於是南北兩宮火焰相接；長樂宮廷，盡為焦土。這樣的情狀，簡直慘不忍睹！

董卓又差呂布發掘先皇及后妃陵寢，取其金寶。軍士們也乘勢掘取官民墳塚殆盡。回想當初黃巾賊鬧得最猖獗的時候，也不至於為所欲為到如此地步。董卓於是裝載金珠緞匹好物數千餘車，劫了天子與后妃等，竟望長安去了。

這時董卓的部將趙岑見大隊人馬已棄洛陽而去，便獻出汜水關，讓孫堅驅兵入關。而劉玄德、關羽、張飛三兄弟則殺入虎牢關，隨後諸侯各引軍進入殘敗的洛陽城。

關於董卓執意要遷都，後世學者也有不同的看法：因董卓手下的軍隊大多是涼州鐵騎，而長安靠近隴西和涼州，若是從洛陽西進攻取長安，一路上關隘也多，長安城也就處於易守難攻的位置。於是他在遷都的同時，安排董越駐紮黽池，段煨駐紮華陰，中牛輔駐紮安邑。這樣的佈局，等於是防堵關東群雄從洛陽長驅殺進長安的可能性了。

既是閒筆，又是伏筆

——曹操九死一生

董卓上路遷往長安之後，孫堅即刻飛奔洛陽，他遠遠地望見整座城市處在火焰沖天裡，及至進到城中，但見黑煙鋪地，方圓二三百里地已無雞犬人煙。

孫堅先派兵滅了火，令眾諸侯各於荒地上屯住軍馬。此時曹操來見袁紹，他說：「今董賊西去，正可乘勢追襲。本初按兵不動，何也？」此處作者似乎在告訴我們，十八路諸侯中，就屬孫堅和曹操二人最出色，具有前瞻的眼光和果斷的行動力。

可是袁紹卻說：「諸兵疲困，進恐無益。」曹操鍥而不捨，進一步勸道：「董賊焚燒宮室，劫遷天子，海內震動，不知所歸。此天亡之時也，一戰而天下定矣。諸公何疑而不進？」曹操話說得鏗鏘作響，擲地有聲，無奈眾諸侯卻還是堅持：「不可輕動！不可輕動！」唉，眼看這一群懦夫誤了大事。曹操突然大怒：「豎子不足與謀！」於是他獨自引兵一萬餘，領夏侯惇、夏侯淵、曹仁、曹洪、李典、樂進，星夜來追董卓。這真堪稱得上是歷史上的壯舉！

且說董卓領大批人馬來到滎陽，當地太守徐榮出來迎接。李儒於是進言：「丞相新棄洛陽，防有追兵。可教徐榮伏軍滎陽城外山塢之旁，若有兵追來，可竟放過，待我這裡殺敗，然後截住掩殺，令後來者不敢復追。」我們試想，若是十八路諸侯肯一齊出動，到那時區區一個徐榮，何足擋之？而曹孟德也就不至於敗兵了。

讓我們再回到現實，董卓當場聽從了李儒的計策，又令呂布引精兵隨後。那呂布正行進間，突然與曹操的一支軍馬相遇。呂布大笑曰：「不出李儒所料也！」那邊曹操出馬，大聲叫道：「逆賊劫遷天子，流徙百姓，將欲何往？」呂布罵道：「背主懦夫，何得妄言！」夏侯惇聞言立即挺槍躍馬，直取呂布。兩人戰不到數回合，李傕引一軍從左邊殺來，曹操急令夏侯淵迎敵。可是右邊喊聲又起，原來是郭汜引軍殺到，曹操急令曹仁迎敵。三路軍馬，勢不可擋。夏侯惇終究敵不過呂布，只得飛馬回陣。呂布引鐵騎緊追掩殺。結果曹操軍隊大敗，回望滎陽而走。

當曹操的軍隊敗走撤退來至一荒山腳下時，夜已深，天上月明如晝。我們真佩服作家羅貫中可以在這樣的緊要關頭，還能伸出一枝閒筆來點綴景色，這真是絕佳的筆調啊！然而這一枝閒筆，其實也是一枝伏筆，我們後續將再看到它的效果。

在明月的照耀下，曹操的軍隊方才能夠聚集了殘兵，準備埋鍋造飯，可是卻又聽見四圍喊聲震天，那是徐榮的伏兵傾巢而出了。曹操慌忙策馬，奪路奔逃，卻不巧正面遇上了徐榮，曹操轉身便走。徐榮彎弓搭上箭，射中曹操的肩膀。曹操帶箭逃命，踅過山坡，又有兩個軍士埋伏於草叢中，他們見曹操來了，頓時二槍齊發，曹操的馬中槍而倒。曹操翻身落馬，遂被二卒擒拿。就在讀者們感到驚嚇之時，突然又看見一名將領飛馬而來，同時揮刀砍死兩個步軍，然後下馬救起了曹操。我們都沒想到小說家還有這麼一招，同時也終於可以體會先前羅貫中忙裡偷閒留下的那個伏筆：「月明如畫」，這實在不是單純描寫風景的虛寫，就因為月明如畫，這位將領才能夠清楚看見曹操；若是在暗黑中，恐怕曹操的性命也難保。

那麼這個解救曹操的人究竟是誰呢？曹操一看，原來是曹操的堂弟曹洪。曹操對他說：「吾死於此矣，賢弟可速去！」曹洪只回道：「公急上馬！洪願步行。」曹操反問：「賊兵趕上，汝將奈何？」曹洪說了一句名言：「天下可無洪，不可無公。」曹洪真是曹操的好兄弟！曹操也很乾脆地對他說：「吾若再生，汝之力也。」說完隨即上馬，曹洪則脫去衣甲，拖刀跟馬而走。清代評點家毛宗崗在這裡也說

第三單元

了一句話：「天下可無洪，曹操卻不可無洪。」證諸於曹操一生的事蹟，毛宗崗所言不虛。

他們大約走到四更天，只見前面一條大河阻住去路，後面喊聲卻又漸漸接近。我相信讀者們此刻也非常害怕！曹操本人非常緊張地說：「命已至此，不得復活矣！」可是曹洪卻急速扶曹操下馬，又為他脫去袍鎧，然後揹著曹操渡水。好不容易快要游到彼岸，這時追兵已經趕到，並且隔水放箭。曹操非常驚險地在水裡掙扎著往前跑。

等他們爬上岸，這時天差不多亮了，此二人又走三十餘里，在土岡下少歇。忽然聽見喊聲大作，有一彪人馬趕來，竟然是徐榮從上流渡河來追。在這千鈞一髮之際，曹操慌亂緊急之間，只見夏侯惇、夏侯淵引數十騎飛奔而來，大喝：「徐榮勿傷吾主！」讀者們大概都鬆了口氣，沒想到還有這一支救兵。那徐榮便奔夏侯惇，惇挺槍來迎。兩軍交馬數回合，夏侯惇刺殺徐榮於馬下。毛宗崗大約是讀書讀得太投入了，在這裡留下了批語：「殺得好！」夏侯惇又殺散了餘兵。隨後曹仁、李典、樂進也各自引兵尋到。見了曹操，大家憂喜交集。然後聚集殘兵五百餘人，同回河南。

這一段故事將戰爭場面寫得驚險萬狀！其實就是寫曹操的失敗，同時其背後還隱伏著十八路諸侯軍共同的失敗。不過平心而論，曹操此戰，雖敗猶榮。

人心易變——孫堅

在說完曹操兵敗的過程之後，我們回頭來看眾諸侯的情況：他們進城之後，開始分區屯兵於洛陽。此間我們要集中來看孫堅這一號人物。大家還記得他是第一批進城的部隊，他們救滅了宮中的餘火之後，便順勢屯兵於城內，並且直接設帳在建章殿的廢墟之上。孫堅命令軍士官兵掃除宮殿瓦礫，還有凡是被董卓所掘開的陵寢，盡皆協助掩閉。接著他又在殘破的太廟之上，草創了殿屋三間，請眾諸侯排立列聖的神位，然後宰太牢，也就是供奉祭祀的犧牲，以當時的習慣是用全牛來祭祀諸神。因此我們可以理解孫堅這一連串的舉動，是為了扶正漢室，因此是很有意義的行為。只不過，這一連串的作為實在與他後面的行徑，產生了極大的錯位，這又不得不教人感慨萬千！

話說眾人祭祀完畢之後，盡皆散去，孫堅自己也回到寨中。這天夜裡，星月交輝，他按劍坐在營帳之外，仰觀天文。忽然看見紫微垣中，白氣漫漫，孫堅發出了一聲長嘆：「帝星不明，賊臣亂國，萬民塗炭，京城一空！」說完之後，不覺滴下淚來。他在一片殘敗的漢宮瓦礫場上，獨自望月，又在舊殿的基地之上看月。其實月色愈好，人的心情愈悲慘。孫堅此時灑淚，實在真情流露，而且富有感時憂國的詩意。

可是接下來的情況，卻讓他的意志陡轉，舉措也發生了極大的變化！我們看到他的旁邊有軍士忽然用手指著遠方說道：「殿南有五色毫光，起於井中。」孫堅立刻喚軍士點起火把，下井打撈。結果竟然撈起了一具女性的屍首，奇怪的是，她雖然死去很久，但屍體卻不腐爛，而且看她的裝束，乃是宮廷的式樣，並且在項下戴著一個錦囊。孫堅命人取開看時，內有朱紅小匣，用金鎖鎖著。打開來看，竟然是一方玉璽！這玉璽方圓四寸，上面鐫有五龍交紐，旁缺一角，以黃金鑲之。玉璽上有篆文八個字：「受命於天，既壽永昌。」小說先前在十常侍之亂時，曾寫到不見了傳國玉璽，而如今在此處補還它的下落，也算是前後連貫了。那孫堅得到這玉璽，便詢問程普這方玉璽的來歷。程普開始歷數道：「此傳國璽也。此玉是昔日卞和，於荊山之下，見鳳凰棲於石上，載而進之楚文王。解之，果得玉。秦二十六年，令良工琢為璽，李斯篆此八字於其上。」原來我們剛才看到玉璽上所鐫的八個字，乃是出自李斯的手筆。李斯可以說是中國書法的鼻祖，他為秦王嬴政創造出小篆，進而統一了文字。而後人在篆書的基礎上又開創出隸書，到魏晉便有楷書的出現。則篆書與隸書也同時成為書法上重要的書體，因此書法藝術的源頭可以追溯至李斯的書寫。

那程普又繼續說道：「二十八年始皇巡狩，至洞庭湖，風浪大作，舟將覆，急投玉璽於湖而止。至三十六年，始皇巡狩至華陰，有人持璽遮道，與從者曰：『持此還祖龍。』言訖不見。此璽復歸於秦，明年始皇崩。後來子嬰將玉璽獻與漢高祖。後至王莽篡逆，孝元皇太后將印打王尋、蘇獻，崩其一角，以金鑲之。光武得此寶於宜陽，傳位至今。近聞十常侍作亂，劫少帝出北邙，回宮失此寶。今天授主公，必有登九五之分。」話說到孫堅要稱帝這個分上，孫堅能不動心嗎？最後程普的結論是：「此處不可久留，宜速回江東，別圖大事。」孫堅立即決定謀圖他的皇圖霸業，於是決定第二天便向眾諸侯推說自己有病，欲辭歸故里。真可惜啊！孫堅一旦得了玉璽，拳拳愛國之心竟瞬間產生了逆轉！因此《三國演義》寫到人性的問題，其批判力道也是很強的！

但是雖然商議已定，這個祕密還是外洩了。因此小說中寫道：「密諭軍士勿得洩漏。」其實也是為下文軍人洩漏一事，預作了伏線。

這個洩漏祕密的軍人其實就是袁紹的老鄉，他想藉此機會謀求進身之計，因此連夜偷出營寨來報袁紹。袁紹立即給他豐厚的賞賜，並且暗暗將他留在軍中。第二天，孫堅果然來辭袁紹，他說：「堅抱小疾，欲歸長沙，特來別公。」袁紹笑了出來：「吾知公疾，乃害傳國璽耳。」這麼直白地道破，致使孫堅始料未及，大驚失色說道：「此言何來？」袁紹說道：「今興兵討賊，為國除害；玉璽乃朝廷之寶，公既獲得，當對眾留於盟主處。候誅了董卓，復歸朝廷。今匿之而去，意欲何為？」孫堅不肯承認：「玉璽何由在吾處？」袁紹指責他：「建章殿井中之物何在？」孫堅仍是辯駁：「吾本無之，何強相逼？」袁紹下馬威：「作速取出，免自生禍。」孫堅被逼得竟敢指天為誓：「吾若果得此寶私自藏匿，異日不得善終，死刀箭之下！」

我覺得很感嘆！一般的盜匪宵小可能極會賭咒發誓，反正是空口說白話。可孫堅乃是世間英雄，怎麼也會做出這樣的事來！更令人感嘆的是，孫堅這樣堅持把這齣戲唱下去，反而引來眾諸侯的同情：「文臺如此說誓，想必無之。」袁紹只得喚出告密的軍士來對質：「打撈之時，有此人否？」孫堅看到此人立即大怒，拔出所佩之劍，要斬那名軍士。袁紹也拔劍怒斥孫堅：「汝斬軍人，乃欺我也。」接著他背後的大將顏良、文醜皆拔劍出鞘。而孫堅背後的程普、黃蓋、韓當亦掣刀在手。眾諸侯則一齊勸住。那孫堅隨即上馬，拔寨離洛陽而去。袁紹大怒，遂寫書信一封，差心腹之人連夜送給荊州刺史劉表，教他在路上攔截孫堅，奪取玉璽。

一場十八路諸侯大戰董卓的戲碼，竟在一夜之間滑落至袁紹與孫堅兩人爭逐玉璽之亂！盟主失職，諸侯內部離心離德，連續走了曹操與孫堅，留下來的人還能成大事嗎？而讀者可能還不知道，袁紹差劉表一事，又是個重要的伏筆！那麼到底後事如何？我們下回分解。

第四單元

忽勝忽敗．擒賊擒王

盟主走了！——袁紹

讓我們將故事再帶回到戰敗的曹操身上。當他回到大營中，袁紹為他置酒，飲宴間，曹操嘆氣：「我當初興大義，為國除賊。諸公既仗義而來，那麼我的初衷，是希望您能夠引河內眾軍士，把守橫跨黃河兩岸的孟津；而聚集在延津（古稱酸棗）一帶的諸將領固守成皋，佔據敖倉，圍堵轘轅、大谷，如此可以掌握險要地帶；再率南陽之軍，駐守丹、析，入武關，到時候我軍的士氣一定能夠威震京畿長安。而且我連戰略都擬好了，我方必須深溝高壘，不出戰，作疑兵之計……。」我們看曹操的規劃，也確是良策，他看得清天下形勢，能以順誅逆，如果依照他的策略而行，大事可定。只可惜袁紹等諸侯軍隊遲疑不進，不僅大失天下之望，尤其讓討伐董卓的發起人曹操切齒寒心！

袁紹被曹操說得無言可對。席散之後，曹操見袁紹等人各懷異心，料定不能成事，便自行引軍投揚州去了。面對這個情況，公孫瓚對玄德、關羽、張飛說道：「袁紹無能為也，久必有變。吾等且歸。」因此他們這一支軍隊也拔寨北行了。公孫瓚令玄德為平原相，他自己去守地養軍。另外，兗州太守劉岱，問東郡太守喬瑁借糧。喬瑁推辭不與，劉岱引軍突入喬瑁軍營，殺死喬瑁，使他的軍隊盡皆投降。唉，諸侯軍可用之人都已離散，剩下的人又自相殘殺，袁紹見眾人各自分散，也只得領兵拔寨，離開洛陽，投關東去了。盟主就這樣走了，確實令我們有點傻眼！

不過前文我們曾經提到，袁紹寄信給荊州刺史劉表。這個人乃是漢室宗親，自幼好結納名流，最有名的是與名士七人結為好友，時號「江夏八俊」，包括了：汝南陳翔，同郡范滂，魯國孔昱，渤海范康，山陽檀敷，同郡張儉，以及南陽岑晊。劉表與此七人為友，其實也是借他們的名望，來拉抬自己。此外，劉表還與延平人蒯良、蒯越、襄陽人蔡瑁等相與甚厚。

話說當日劉表看了袁紹的書信，信中要他攔住揣著傳國玉璽的孫堅。劉表隨即令蒯越、蔡瑁，引兵一萬來截孫堅。這裡我們讀出了一個訊息：劉表既是漢室宗親，又有能力隨時調兵一萬，卻不想興師勤王，那麼漢祚之衰，也就不難理解了。

當孫堅軍的軍隊來到荊州時，蒯越早就將陣勢擺開，並且當先出馬。孫堅問他：「蒯英度何故引兵截吾去路？」蒯越說道：「汝既為漢臣，如何私匿傳國之寶？可速留下，放汝歸去！」孫堅大怒，命黃蓋出戰。蔡瑁隨即舞刀來迎。鬥到數回合，黃蓋揮鞭打蔡瑁，正中護心鏡。蔡瑁立即撥回馬走，孫堅乘勢殺過界口。山背後突然發出金鼓齊鳴之聲，這是劉表親自引軍來到。孫堅就在馬上施禮，說道：「景升何故信袁紹之書，相逼鄰郡？」劉表指責他：「汝匿傳國璽，將欲反耶？」孫堅舊技重施，再發毒誓：「吾若有此物，死於刀箭之下！」劉表還是不信：「汝若要我聽信，將隨軍行李任我搜看。」孫堅發怒：「汝有何力，敢小覷我！」方欲交兵，劉表竟向後退去。孫堅不知是計，縱馬趕去，兩山後伏兵齊起，背後又有蔡瑁、蒯越趕來，將孫堅團團圍困在垓心。孫堅此時極度危險！我們不得不問：究竟得到這個玉璽，有什麼好處？不過是更多的刀兵相見。然而這一回書就在此千鈞一髮之際，戛然而止。其實很符合章回小說的敘事模式，亦即賣足了關子。究竟孫堅命運如何？且聽下文分解。

飛馬挺槍，直取文醜
——趙子龍登場

上回我們說到孫堅被劉表圍住，情況危急！當時幸虧程普、黃蓋、韓當三大將拚死救孫堅，因此孫堅得以逃脫，但是他的軍隊卻在此戰役中折損大半。孫堅雖說是奪路引兵回到了江東，但從此與劉表結下仇恨。這一點就小說寫作上來說，也是一個伏筆。我們日後再談。

接下來我們看看袁紹這邊的情形。他屯兵河內，但是缺少糧草。當時的冀州牧韓馥便派人送糧草軍用來給他。軍隊作戰的時候，糧草是決勝的關鍵點。然而同盟陣線者該不該即時送糧？答案卻不一定。我們看先前袁術的不發糧而致使孫堅兵敗，再看此處韓馥因送糧而引發袁紹覬覦他所領管的冀州。這兩件事，事後證明，袁術與韓馥的舉措都是不智的。

尤其是韓馥。袁紹在收到他送的糧草之後，謀士逄紀便遊說道：「大丈夫縱橫天下，何待人送糧為食！冀州乃錢糧廣盛之地，將軍何不取之？」袁紹曰：「未有良策。」逄紀當場獻計：「可暗使人馳書與公孫瓚，令進兵取冀州，約以夾攻。瓚必興兵。韓馥無謀之輩，必請將軍領州事。就中取事，唾手可得。」這個馮紀可真夠壞了！韓馥好心來送糧，卻招來他的貪婪之心，竟然勸袁紹聯絡公孫瓚出兵取下冀州，更厲害的是，在出兵之前，把消息放給韓馥，他相信韓馥在驚恐之下，必定雙手奉上冀州，屆時將可以不費一兵一卒，取下他們心目中最理想的糧倉和大地盤。此計一出，袁紹大喜！可見此人也是不義之徒。他隨即發書給公孫瓚。公孫瓚得書之後就上當了，他聽說共攻冀州，可平分其地，也是大喜，並且即日興兵。然後袁紹依照原定計劃使人密報韓馥。韓馥果然慌忙聚集他那兩個無用的謀士荀諶、辛評來商議。果然如馮紀所料，荀諶說：「公孫瓚將燕、代之眾，長驅而來，其鋒不可當。兼有劉備、關、張助之，難以抵敵。今袁本初智勇過人，手下名將極廣，將軍可請彼同治州事。彼必厚待將軍，無患公孫瓚矣。」這是正中了逢紀之計啊！

韓馥隨即差別駕關純去請袁紹。然而一旁的長史耿武可謂眼光透徹，他上前勸諫道：「袁紹孤客窮軍，仰我鼻息，譬如嬰兒在股掌之上，絕其乳哺立可餓死。奈何欲以州事委之？此引虎入羊群也！」他能說出這樣的話，可見偌大一個冀州，並不是沒有人才了。可是韓馥卻執意要將冀州讓給袁紹，他承認自己比不上袁紹：「吾乃袁氏之故吏，才能又不如本初。古者擇賢者而讓之，諸君何嫉妒耶？」耿武長嘆一口氣：「冀州休矣！」於是棄職而去者三十餘人，而獨耿武與關純埋伏於城外，以待袁紹。數日之後，袁紹引兵來到城外，耿武、關純拔刀而出，欲刺殺袁紹。袁紹手下大將顏良立斬耿武，文醜砍死關純。可憐二人烈烈忠心，而韓馥卻看不見。

待袁紹進入冀州之後，他封韓馥為奮威將軍，以田豐、沮授、許攸、逢紀分掌州事，盡奪韓馥之權。愚蠢的韓馥這才感到懊悔無及，於是拋棄家小，一個人匹馬往投陳留太守張邈去了。清代學者毛宗崗在此寫道：「虎入羊群，羊能存乎？其得去，猶幸矣。」

大家可能還沒忘了公孫瓚，究竟他的結局如何呢？當他得知袁紹已佔據冀州，隨機派遣弟弟公孫越來見袁紹，欲分其地。袁紹假裝客氣說道：「可請汝兄自來，吾有商議。」公孫越辭歸，行不到五十里，道旁閃出一彪軍馬，口稱：「我乃董丞相家將也！」然後亂箭射死了公孫越。袁紹這個人太陰險！他不能討伐董卓，卻敢假冒作董家兵來殺人！如此舉動，真是有愧於盟主這個高位。公孫越的從人逃回去見公孫瓚，報告公孫越的死訊。公孫瓚可不是好欺騙的，他大怒：「袁紹誘我起兵攻韓馥，他卻就裡取事。今又詐董卓兵射死吾弟，此冤如何不報！」於是盡起本部兵馬殺奔冀州來。袁紹得知公孫瓚兵至，亦領軍出，二軍會於盤河之上。這一場戰爭史稱「界橋之戰」，是東漢末年軍閥混戰中，袁紹與公孫瓚為爭奪冀州而展開的戰爭。它會在歷史上記下一筆，是因為這場戰爭是各地諸侯開始爭奪割據地盤的第一次會戰。

當時袁紹軍隊自立於盤河橋東，公孫瓚軍於橋西。公孫瓚立馬橋上，大呼：「背義之徒，何敢賣我！」袁紹亦策馬至橋邊，指瓚曰：「韓馥無才，願讓冀州於吾，與爾何干？」瓚曰：「昔日以汝為忠義，推為盟主，今之所為，真狼心狗行之徒，有何面目立於世間！」聽見公孫瓚說出這番話，我們回思往日諸侯們的歃血定盟，真是越想越可笑！袁紹聽了這話，氣極了，回頭問：「誰可擒之？」言未畢，文醜策馬挺槍，直殺上橋。公孫瓚就橋邊與文醜交鋒。戰不到十餘合，公孫瓚抵擋不住，敗陣而回，文醜乘勢追趕。公孫瓚逃回自己的陣中。文醜夠兇悍！他飛馬徑入中軍，單槍匹馬，往來衝突，如入無人之境。逼得公孫瓚手下健將四員一齊迎戰，卻被文醜一槍刺一將下馬，其他三將慌忙逃走。

文醜繼續緊追公孫瓚，公孫瓚便望山谷而逃。文醜驟馳駿馬厲聲大叫：「快下馬受降！」這一場追殺，讓公孫瓚弓箭盡落，頭盔墜地，披頭散髮，非常狼狽！他奔轉山坡，這時候馬突然失了前蹄，使得公孫瓚翻身落於坡下。文醜看到好機會，急忙撚槍來刺。讀者書讀至此，一定都驚呼：公孫瓚休矣！

但小說家卻在此讓劇情峰回路轉，並且藉機帶出《三國演義》一位明星級的重要人物。當文醜的槍將要刺殺公孫瓚的時候，忽見草坡左側轉出一位少年將軍，飛馬挺槍，直取文醜。公孫瓚爬上坡去，看那少年，生得身長八尺，濃眉大眼，闊面重頤，威風凜凜，與文醜大戰五、六十回合，仍是勝負未分。此時看在公孫瓚的眼裡，這位恩人如此武藝高強，必定是個有聲有色之人吧！不久之後，公孫瓚的部下救軍趕到，文醜即撥回馬去了。而那少年也不去追趕。

諸位看官，這位少年英雄，公孫瓚的救星，正是日後劉備的大幫手——常山趙子龍。

忽勝忽敗
——令讀者暈頭轉向的「界橋之戰」

《三國演義》裡，一身白袍、白馬、銀槍的年少將軍趙子龍，原本是袁紹轄下之人。但是他很遺憾地看透了袁紹並無忠君救民之心，所以刻意來救公孫瓚，希望能投到他的麾下。公孫瓚死裡逃生，還能得到這樣的人才，怎能不大喜過望！遂攜子龍歸寨，整頓甲兵。

說起公孫瓚的軍隊，有一個很特殊的地方，那就是在他的麾下有五千多匹馬，而且大多是白馬！我們想像一下，有數千匹白馬在戰場上奔馳，那是多麼夢幻的畫面啊！於是他就被人稱為「白馬將軍」。然而為什麼公孫瓚需要匯聚這麼多白馬呢？因為他擅長與羌人作戰，這是一群生活在今天青海、甘肅一帶漢藏融合的部落居民，而他們一旦看見大批的白馬，就會落荒而逃。所以公孫瓚跟他們打仗的時候，會特別挑選上千匹白馬作為先鋒，以求勝利。然而此刻，他打的並不是羌人，而是袁紹的部隊。當公孫瓚將白馬陣勢如羽翼般排列開來，袁紹即令顏良、文醜為先鋒，各引弓弩手一千，也如羽翼般分作左右

第四單元

兩隊。然後命令在左邊的弓弩手射公孫瓚的右軍，而在右邊的弓弩手則專射公孫瓚的左軍。再令麴義將軍引八百弓手，步兵一萬五千，列於陣中。就這樣雙方的陣勢擺開來了：一邊是馬多，另一邊則是箭多的情況。袁紹自己則引馬步軍數萬於後方接應。

此時的公孫瓚初得趙雲，還不能完全信任他，於是命令子龍另領一軍在後，並調遣大將嚴綱為先鋒。公孫瓚自領中軍，立馬橋上，身旁豎起大紅圈金線的帥字旗於馬前。這個陣仗寫得有聲有色，其實也是一個伏筆。

戰爭從辰時擂鼓，直到巳時，袁紹軍隊並不前進。麴義令弓手都俯伏於遮箭牌下，只有聽到炮響才能發箭。而嚴綱這一方遂鼓噪吶喊，直取麴義而來。麴義的軍隊見嚴綱的兵來了，卻還是伏而不動，直到對方軍隊逼得很近，此時只聽得一聲炮響，八百弓弩手一齊俱發！那嚴綱急待回頭，已被麴義拍馬舞刀，斬於馬下。

公孫瓚的軍隊大敗。左右兩軍欲來救應，都被顏良、文醜引弓弩手射住。這場戰役說明了，馬多不如箭多。那袁紹得意洋洋，領軍前進，直殺到界橋邊。麴義馬到，先斬執旗將，再把繡旗砍倒。公孫瓚見到他剛剛豎立起來的繡旗已被砍倒，只得回馬下橋而走。其實公孫瓚如果能在這一場戰役中，任用趙子龍做先鋒，想必不至於一敗塗地。

事實上，當麴義率領軍隊長驅直入到公孫瓚的後軍時，便正好撞上了趙雲。趙雲立即挺槍躍馬，直取麴義。戰不到數回合，便一槍刺麴義於馬下。趙雲接著單獨一騎馬飛入袁紹軍隊，左衝右突，如入無人之境。公孫瓚見機會大好，便引軍殺回，結果袁紹軍大敗。

原本探馬來報：麴義斬將搴旗，正在追趕敗兵。袁紹樂得乘馬出觀，還呵呵大笑：「公孫瓚無能之輩！」正說之間，忽見趙雲衝到面前。情勢突然大逆轉！袁紹的弓箭手急待射時，趙雲的動作比他們還快，一連刺殺數人，導致袁紹眾軍敗走。後面公孫瓚的軍隊立刻團團圍裹上來。事出緊急，袁紹身旁的田豐立刻慌忙勸道：「主公且於空牆中躲避。」袁紹以兜鍪撲地，「兜鍪」就是頭盔。他大呼：「大丈夫願臨陣鬥死，豈可入牆而望活乎！」可笑他此時倒是頗有氣概，只可惜這英雄氣概並沒有用在討伐董卓之時。

袁紹將頭盔砸在地上，一時間引發眾軍士死戰的決心，致使趙雲無法衝入他的陣營，反而被袁紹的大隊掩殺。而此時袁紹的手下大將顏良亦引軍來到，兩路拚殺。趙雲只得保護公孫瓚殺透重圍，返回到界橋。袁紹又贏了！他不顧一切，驅兵大進，為追擊窮寇，趕著大軍過橋，當時落水死者不計其數。至

第四單元

此，袁紹軍隊反敗為勝。他本人勇猛地一馬當先，卻聽見山背後喊聲大起，忽然閃出一彪人馬。這隊軍馬究竟是誰呢？仔細一瞧，原來是劉玄德、關雲長、張翼德。他們因為探知公孫瓚與袁紹相爭，特來助戰。

當下劉、關、張三匹馬三般兵器，飛奔前來，直取袁紹。袁紹原本是很威風地領軍站在最前頭，此時驚得魂飛天外，手中寶刀墜於馬下，急忙撥馬而逃。令人感慨的是，袁紹所謂四世三公的出身背景，奈何懼怕一個區區的平原縣令和兩名弓手？

結果眾人又是一番廝殺與死救，才保住了袁紹。這會兒，又是公孫瓚獲勝。東漢末年，軍閥割據的第一場戰役「界橋之戰」，就是這麼在橋的兩邊難分難解地拉鋸著，正史是如此，而在演義中，羅貫中更是極力書寫兩軍忽勝忽敗的戰績，直令讀者們的眼光轉過來，又轉過去，可以說是目不暇給。

公孫瓚收軍歸寨之後，對玄德、關、張說道：「若非玄德遠來救我，幾乎狼狽。」接著讓他們三人與趙雲相見，玄德一見到子龍，即「甚相敬愛，便有不捨之心」。文中寫到劉備如此愛才，眼光又強於公孫瓚，這實際上就是小說家為後續的情節——趙雲將歸劉備，而預先鋪路了。

誰也想不到！——孫堅之死

界橋之戰雙方勝負難分，到最後的結局是什麼呢？那時袁紹輸了一陣，於是堅守不出。兩軍相拒一個多月，有人來長安報知董卓。李儒便對董卓進言：「袁紹與公孫瓚，亦當今豪傑。現在盤河廝殺，宜假天子之詔，差人往和解之。二人感德，必順太師矣。」董卓於是派遣太傅馬日磾、太僕趙岐，帶著天子詔書前去為袁紹與公孫瓚和解。

二人來至盤河北岸，袁紹出迎於百里之外，再拜奉詔。其實這份詔書並非出自天子，那只不過是董卓的命令罷了。我們想想，昔日十八路諸侯結盟要討伐董卓，而今日諸侯的盟主卻對董卓的詔書再拜而奉之，則袁紹的為人，還真是不得不令人搖頭啊！我們看到毛宗崗在此寫了評語：「真懦夫哉！」

到了第二天，兩位使者又來到公孫瓚的大營裡宣諭，公孫瓚於是派遣使者送信給袁紹，表示願意講和。然後這兩名使者就回京覆命了。公孫瓚即日班師，而劉玄德也必須回去繼續擔任平原相。這時小說

第四單元

家描寫了一段劉備與趙雲分離的場景，他們：「執手垂淚，不忍相離。雲歎曰：『某曩日誤認公孫瓚為英雄，今觀所為，亦袁紹等輩耳！』玄德曰：『公且屈身事之，相見有日。』灑淚而別。」這個時候，趙子龍還沒有歸屬於劉備，就是因為劉備也很愛戴公孫瓚，因此不忍奪愛。

我們轉過頭來看看袁紹的弟弟袁術在南陽的情況。他聽說哥哥袁紹新得冀州，便派遣使者來求取戰馬千匹，袁紹斷然不與。袁術發怒，從此兄弟不睦。《三國演義》是一部講兄弟之義的書，我們看過曹家兄弟的捨命相救，很令人動容！而如今卻看到袁家兄弟互相仇視。則袁、曹兩家，孰優孰劣，亦可見分曉。

袁術要不到馬，遂又派遣使者往荊州去問劉表借糧二十萬，劉表亦不與。所以袁術也恨他，乾脆一不做二不休，祕密派人送書信給孫堅，唆使他去討伐劉表，自己去攻打袁紹，事成之後，孫堅得到荊州，自己可以取下冀州。袁術先前曾經因為不發糧而致使孫堅吃了敗仗，如今又因為恨他人不給自己發糧而舉發戰事，最後導致孫堅之死。袁術這個人真可以說是孫堅的剋星了。

而袁術的那封書信是這樣寫的：

先前劉表截斷您的歸路，這完全是我兄長袁紹的計謀。如今他又與劉表私下商議，想偷襲江東。您可得速速興兵討伐劉表，我來爲您攻打袁紹，如此二仇可報。未來您取荊州，我取冀州，切勿擔誤了時機！

這一封書信也是一個伏筆，預設了未來孫策將投靠袁術的情節。

孫堅收到信之後，說道：「這個劉表，從前斷我歸路，今不乘時報恨，更待何年！」於是聚集帳下程普、黃蓋、韓當等人商議。程普建議：「袁術多詐，未可准信。」孫堅卻說：「吾自欲報仇，豈望袁術之助乎？」於是立即差黃蓋先到江邊安排戰船，多裝軍器糧草，大船裝載戰馬，克日興師。

此時江中細作探知消息，火速來報劉表。劉表大驚，急聚文武將士商議。蒯良說道：「不必憂慮。可令黃祖領江夏之兵為前驅，主公率荊襄之眾為後援。孫堅跨江涉湖而來，安能用武乎？」劉表同意了他的安排，便命令黃祖領兵，自己隨後便起大軍。

在正式開戰之前，我們先來看看孫堅家裡的情況：孫堅有四個兒子，都是吳夫人所生。長子名策，字伯符；次子名權，字仲謀；三子名翊，字叔弼；四子名匡，字季佐。小說家在此要將他的兒子們抬出來，那是因為孫堅將死，他的兒子們接下來將要展露頭角，因此在百忙之中，特別交代一筆。四個兒子的母親吳夫人還有個妹妹，她是孫堅的次妻，生了一子一女，兒子名朗，字早安；女兒名仁。這裡很有趣！一般不會提到女兒，但是孫堅的這個女兒卻不是一名普通女子，她就是後來許配給劉備的孫夫人。因此小說家在這裡要特別提到她。此外，孫堅還有一個兒子，是從俞氏過繼來的，名韶，字公禮。孫堅還有一個弟弟，名靜，字幼臺。

交代完他家族眾人之後，孫堅臨行，孫靜帶領子弟們拜於馬前，進而勸諫道：「今董卓專權，天子懦弱，海內大亂，各霸一方。江東方稍寧，以一小恨而起重兵，非所宜也。願兄詳之！」孫堅的弟弟說得很對，只可惜孫堅被仇恨給蒙蔽了，他堅持道：「弟勿多言。吾將縱橫天下，有仇豈可不報！」那長子孫策便說：「如父親必欲往，兒願隨行。」孫堅於是帶著長子出發了。他們登舟挺進，殺奔樊城。

此時黃祖已埋伏弓弩手於江邊，見孫堅的船傍岸，立即亂箭俱發！孫堅令諸軍不可輕動，只伏於船中，來來往往引誘對方射箭。就這樣過了整整三天，孫堅的船有數十次傍岸。而黃祖的手下只顧放箭，直到箭已放盡，孫堅便拔下船上所得之箭，大約有十數萬。這一天剛好是順風，孫堅便令軍士一齊放箭。這一招應該可以說是「以其人之箭，還射其人之兵」吧！

黃祖在岸上支吾不住，只得退走。孫堅的軍隊便順勢登岸了。上岸之後，程普、黃蓋分兵兩路，直取黃祖營寨。背後韓當驅兵大進。三面夾攻，導致黃祖大敗，棄卻樊城，走入鄧城。孫堅獲勝之後，令黃蓋守住船隻，他自己親自統兵追襲。而黃祖也引軍出迎，佈陣於野。孫堅列陣勢，騎馬立於門旗之下。長子孫策也全副披掛，挺槍立馬於父親身邊。黃祖這一方則引二將出馬：一個是江夏張虎，一個是襄陽陳生。然後黃祖揚鞭大罵：「江東鼠賊，安敢侵犯漢室宗親境界！」說著便令張虎搦戰。而孫堅這一方的陣營內由韓當出馬。兩騎相交，戰了三十餘回合，陳生見張虎力怯，飛馬來助。孫策望見，按住手中槍，扯弓搭箭，正射中陳生面門，陳生應弦落馬。張虎見陳生墜地，吃了一驚，措手不及，被韓當一刀，削去半個腦袋。程普趁勝縱馬直來陣前捉黃祖。黃祖棄頭盔、戰馬，雜於步軍之內逃命。孫堅隨即率大軍掩殺過來，直衝到漢水，又命黃蓋將船隻進泊漢江。至此，孫堅大勝！

劉表這時慌忙請蒯良來商議。蒯良說：「目今新敗，兵無戰心，只可深溝高壘，以避其鋒。卻潛令人求救於袁紹，此圍自可解也。」但是蔡瑁不同意，他說：「子柔之言，直拙計也。兵臨城下，將至壕邊，豈可束手待斃！某雖不才，願請軍出城，以決一戰。」於是蔡瑁出征了！他引軍萬餘，出襄陽城外，於襄陽城南邊的峴山佈陣。孫堅倒是認得蔡瑁，他說：「此人是劉表後妻之兄也，誰與吾擒之？」這一句話也說得蠻有趣的！原來蔡瑁的出身背景，還可以從孫堅的口中點出。毛宗崗在此寫下評語：「敘事妙品。」

程普願挑戰蔡瑁，他挺鐵脊矛，出馬與蔡瑁交戰。不到數回合，蔡瑁敗走。孫堅驅遣大軍，殺得敵方屍橫遍野。而蔡瑁則逃入襄陽。至此，孫堅又大勝！蒯良實在很生氣！他說：蔡瑁不聽良策，以致大敗，按軍法當斬。可是劉表與蔡瑁的妹妹還在新婚蜜月期，所以不肯殺蔡瑁。此處既寫出劉表溺愛後妻，則後文發展到廢劉琦、立劉琮的地步，也就不足為奇了。

現在孫堅分兵四面，圍住襄陽猛烈攻打。忽然有一天，狂風驟起，將中軍帥字旗竿吹斷了。先前公孫瓚的帥字旗是被敵軍砍倒的；現在孫堅的帥字旗，卻是被天風吹折。這兩處文字可謂默默地相對應著。韓當很敏感，他說：「此非吉兆，可暫班師。」但是孫堅偏不信邪：「吾屢戰屢勝，取襄陽只在旦夕。豈可因風折旗竿，遽爾罷兵！」因此攻城愈急。

蒯良則告訴劉表：「某夜觀天象，見一將星欲墜；以分野度之，當應在孫堅。」這又是一個兆頭，可嘆孫堅當初在建章殿前看月，他曾為帝星不明而感傷；如今自己已是「將星下墜」，他卻什麼也看不見。

蒯良要求劉表速速致書袁紹，求其相助。劉表趕快寫好了書信，回頭問：「誰敢突圍而出？」健將呂公應聲願往。蒯良曰：「汝既敢去，可聽吾計。與汝軍馬五百，多帶能射者。衝出陣去，即奔峴山，孫堅必引軍來追趕。汝分一百人上山，尋石子準備；一百人執弓弩，伏於林中。但有追兵到時，不可徑走，可盤旋曲折，引他到埋伏之處，然後矢石俱發。若能取勝，便放起連珠號炮，城中自會出兵接應。」蒯良出此計謀，原本是為了突圍出去求救，又要防止孫堅的追殺，沒想到其效果太好！除了能自我防衛之外，竟然還不小心殺了對方的首腦！

呂公領了計策，拴束軍馬，黃昏時分，密開東門，引兵出城。

話說孫堅在帳中忽聞喊聲，他急速上馬，引三十餘騎出營來看。軍士報說：「有一彪人馬殺將出來，望峴山而去。」孫堅不知會諸將，只帶了三十餘騎追趕而來。這時呂公已於山林叢雜去處，上下埋伏妥當。而孫堅一個人馬快，單騎獨來，看到前軍不遠。孫堅立刻大叫：「休走！」呂公勒回馬來戰孫堅。交馬只一回合，呂公便走，閃入山路去。孫堅隨後趕入，卻不見了呂公。孫堅方欲上山，忽然一聲鑼響，山上石子亂下，林中亂箭齊發。孫堅的身體被石頭砸中，腦門被亂箭射穿，他的腦漿迸流，人馬皆死於峴山之內，死的時候才三十七歲。

孫堅之死，不僅是他自己始料所未及，同時也是蒯良和呂公所不曾想到的結局。我們綜觀東漢末年，劉備、曹操、孫堅三人併起於一時。而劉備最終稱帝，曹操亦封王，唯獨孫堅不帝不王而死於不虞之鋒刃，可見人的命運真是有很大的差別啊！

第四單元

擒賊先擒王
——關雲長單刀赴會

當年孫權急於從劉備手裡取回荊州，於是責問魯肅：「從前因你為劉備作保，我才借他荊州。如今劉備已得了西川，卻不肯歸還荊州，你怎麼說？」魯肅趕緊回答：「我早已想出一條計策，我們先在陸口屯兵，再下帖邀請關雲長赴會，並在會中好言相勸，他答應便罷，如不首肯，我們就埋下刀斧手，將他殺了！要是他不肯前來赴會，我們就此進兵和他一決勝負，進而奪取荊州！」

孫權聞言大喜！闞澤卻憂心忡忡地進言道：「關雲長乃當世之虎將！他可不是等閒之輩，事情處理得不好，我們反而要遭殃啊！」然而孫權卻不以為意：「如果再這樣瞻前顧後，何時才能取回荊州？」於是命令魯肅依計而行。

魯肅於是會同呂蒙、甘寧在陸口寨外臨江亭設宴，並派遣使者過江下書，邀請關公赴宴。只見關公平靜地答道：「既是子敬相邀，我當赴宴。」

江東使者離開之後，關平進諫：「魯肅顯然不懷好意，父親為何還要答應？」關羽笑道：「我怎會不知他們的意圖？這分明是孫權見我不肯送還三郡，因此邀我赴會，想趁機索要荊州。如果我不去，他們會說我膽怯怕事！明日我獨自乘小船，只帶十幾名親隨，單刀赴會，看魯肅膽敢如何？」

另一邊，魯肅聽說關羽單刀赴會，於是埋下五十名刀斧手，準備在宴席間殺害關羽。第二天，辰時過後，魯肅遙望江邊，忽見江面上有一隻快艇飛速前來，船上一面紅旗，上書氣勢宏大的「關」字，迎風飛揚。當船漸漸靠岸，便可清晰看見關公一身青巾綠袍，端坐在船上。一旁有周倉，手捧大刀，另有數位關西大漢，各配一口腰刀，環侍關公左右。看得魯肅心驚膽戰！酒席之間，魯肅甚至不敢正眼看關羽，而關羽卻是談笑自如。

酒至半酣，魯肅提起劉皇叔借荊州時，自己曾經擔當保人，如今西川已得，若還不歸還荊州，恐怕是失信於人！關羽卻說國家大事皆由皇叔作主。魯肅不服：「君侯與皇叔桃園結義，生死至交，怎能遇事推託？」關公尚未回答，周倉卻搶先憤指稱：「天下土地，惟有德者居之。為何荊州就一定是你東吳的？」

這時關公假意斥責周倉，一把奪過關刀，要他退下。周倉便趕到江邊去安排座船。此時關雲長趁勢右手提刀，左手挽著魯肅，假裝喝醉了，說道：「謝謝你今天邀請我來赴宴，我有點醉了，怕再喝下去，傷了你我過去的舊情。關於荊州一事，改天我請你，我們屆時再談。」魯肅被關羽拉扯得魂不附體，深怕他一刀揮來，自己命喪黃泉！而預先埋下的刀斧手也深怕害了魯肅，皆不敢輕舉妄動！最後都只能眼睜睜地看著關公再度登船，乘風而去。

《易經．坤卦》有所謂「擒賊擒王」，意指想要瓦解敵人的力量，先要使強龍離開大海，到陸地作戰，屆時便容易擒住敵人首腦，使他面臨絕境。魯肅向孫權所獻之計，基本上便是採取此一謀略。只不過關羽也熟諳此道，而且技高一籌！不僅將計就計，甚至在宴席上，也使出了「擒賊擒王」一招，單手把持青龍偃月刀，另一手強行挽住魯肅，從大廳一路走到江邊，最後在呂蒙、甘寧的虎視眈眈之下，安然脫身！

劉備懼內——三國時代的政治婚姻

原本夫妻之間的維繫應該以感情為基礎，然而在三國時代，劉備與孫夫人的婚姻卻是奠基於政治與軍事的考量。

建安十三年，孫劉聯軍擊潰曹操，第二年，孫權與劉備著手議婚。直到建安十五年十二月，劉備才前往迎親。

英雄美人，自古便是絕美的愛情題材。然而，劉備對於孫夫人卻只是提心吊膽，而不敢放心去愛。洞房花燭夜，孫夫人的閨房周圍有百名武裝齊全的侍女隨侍，孫夫人的可愛與獨特之處，就在於她喜好中性打扮，性格有點男性化。只不過這樣的女中豪傑，卻不能為劉備所欣賞。因此兩人相見的那一刻，已經注定了劉備始終對她懷有防備之心。

雖然正史未見孫夫人的生卒年，不過學者們判定她嫁給劉備的時候，約二十出頭，然而此時劉備卻已是四十九歲的初老將軍，美人正值風華絕代，英雄卻已不再少年，於是劉備心裡又增添了一層壓力。

劉備懼內的最底層原因，還在於孫夫人的背後就是虎視眈眈的孫權！因此他對夫人的遷就與溫柔，實為情勢所逼，這段婚姻形同作繭自縛，因此劉備也就無論如何不可能打從心底生出浪漫的情意。

一旦周瑜的計策全面潰決，東吳賠了夫人又折兵，劉備總算安全地回到了荊州，他很快地在公安城西另築一「夫人城」，表面上是讓孫夫人統領女兵和少數男性侍衛以擁有獨立的空間，實際上則是劉備在自我謀求一個喘息的空間。《三國志．法正傳》曾引諸葛亮的一段話，說明劉備的恐懼感：「主公之在公安也，北畏曹公之強，東憚孫權之逼，近則懼孫夫人生變於肘腋之下……。」

劉備的懼內症，是古往今來很特殊的一種情形。他與孫夫人結婚第二年，便率領數萬兵馬到益州，偕同劉璋抵禦漢中的張魯。此時正值新婚期間，卻未帶著孫夫人同行，而是將四歲的阿斗交給夫人撫養，從這個細節看來，劉備對孫夫人的感情並不深，但是還沒有到不信任的地步。當然劉備還是有所防備的，此時留營司馬趙子龍將軍仍待在荊州照管孫夫人母子。

只是孫權對於劉備「染指」益州，十分不以為然，遂急速調回孫夫人！幸而趙雲、張飛等火速「截江」，送走孫夫人，留住了阿斗，使這孩子不至於到江東去作人質。然而歷史往往使人興發慨嘆，孫劉聯姻破局之後，兩家就不再維持表面的禮貌，接下來，荊州問題便火辣辣登場。從事後不幸的結果看來，趙雲和張飛當初所做的決定，對劉備是否真的有利？還不能驟下論斷。

曹操所景仰的女人

曹操是東漢末年最著名的軍事政治家，他在世的時候官至丞相，去世後追諡為魏武王。其地位崇高，著稱於史籍。然而在歷史上曾有一位令曹操非常佩服的女性音樂家、文學家和學者，這個人正是蔡文姬。

歷史記載，曹操生活極為簡樸，有一回在城樓上望見自己的兒媳婦穿著錦繡的服飾，便當場將她賜死，而他的後宮也以衣無錦繡著稱。然而曹操卻願意付出大量的黃金和白玉，將蔡文姬從匈奴處贖回。

這位令曹操十分景仰的女性蔡琰，是名儒蔡邕的女兒，她的生平故事如今已成為傳奇，足令許多戲曲家與文學家以她為藍本進行創作，例如著名京劇藝術家程硯秋的代表作之一便是「文姬歸漢」。

蔡琰十六歲出嫁之後不久，丈夫便死去，在董卓為亂之際，其舊部洗劫長安，文姬不幸被南匈奴所擄掠。後世許多戲劇文本，都將這段故事演繹成為匈奴左賢王熱烈追求蔡文姬的浪漫愛情詩篇。然而事實上，在《後漢書．列女傳》裡，卻存在著另一個蔡文姬的真實面貌。

史冊記載：「蔡文姬博學有才辯，又妙於音律。興平年間，天下喪亂，她為胡人擄掠，在南匈奴十二年，並生了兩個孩子。曹操因與蔡邕交情深厚，因此重金將蔡文姬贖回。」

雖然程硯秋先生的京劇演出，將蔡文姬的身世比附為王昭君，然而事實上，昭君出塞乃是以公主的身分，由皇帝主婚，大使送行，以浩大的禮儀遠嫁匈奴，並且被封為寧胡閼氏。而蔡文姬卻僅是一個無依無靠的難民，她的父親過世了，國家也在喪亂之中，沒有任何人為她主婚，因此她成為左賢王王妃的可能性是微乎其微的。

此外，從曹操以金、璧「贖」之的記載看來，蔡文姬就更不可能在成為王妃之後，又讓人以金錢「贖回」。實際上，蔡文姬極可能僅是嫁給了南匈奴左賢王部隊裡的一個普通士兵。在〈悲憤詩〉裡，蔡文姬寫道：「馬邊懸男頭，馬後載婦女。長驅西入關，迥路險且阻。」可知東漢末年，匈奴劫掠漢人的模式是殺害男子以邀軍功，強搶婦女並據為己有，因此女詩人以寫實的筆法，描述了自己當年被擄掠的悲慘景況。

話說天下大勢……
——三國分疆首重人才

《三國演義》的作者羅貫中在這部大書的開場中，說出了一句透視中國歷史的話：「天下大勢，合久必分，分久必合。」我特別注意他所用的「必」字，是如此地肯定！因此，羅貫中不僅僅是歸納出中國歷史一治一亂，合久會分，分久會合的循環法則。他深刻地理解中國民族性表現在政治與社會層面上的特殊現象，而西方的歷史小說家就不可能說出這樣的話。

羅貫中所言之所以顛撲不破，其間最主要的原因在於中國社會對「人才」的渴求。每到政治瀕臨崩解的危急存亡之秋，總有非常之人挺身而出，以捨我其誰的精神撥亂反治。所謂「江山代有才人出」，短短一段不滿百年的三國時期，秀異人才輩出！諸葛亮、龐統在未出仕之前，已經名動天下！而曹操也對劉備直言：「天下英雄，唯使君與操耳。」

第四單元

在三國分疆的時代，得人者昌。史家評騭人物，特為其時代風氣。而這些一時之選的人傑，在不斷地對立衝突的軍事與外交情勢之下，彼此激發出了充滿智慧的韜略，諸葛亮曾讚賞曹操：「曹操比於袁紹，則名微而眾寡。然操能克紹，以弱為強，非惟天時，抑亦人謀也。」曹操善用奇兵突襲，他打仗是以智取，這種用兵之道實源自《孫子兵法》。我們知道他不僅有《兵書要略》等十多卷著作，同時還是歷史上第一位註解《孫子兵法》的學者。

此外，諸葛亮更是當世奇才！孔明之用兵：「止如山，進退如風，兵出之日，天下震動，而人心不憂。」這些互相敵對的人才，都是可敬的對手！當年諸葛亮出山之前的一篇〈隆中對〉，不僅精闢地分析出當前的局勢，甚至為劉備規劃出中長程的戰略計劃，在遊說孫權之際，亦展現出他對於赤壁之戰歷史關鍵性定位的精準預測。中國歷史上的人才自古以來都是文武合一，他們不曾遠離孔子所立下的禮、樂、射、御、書、數並重的教育理念。直到清朝，曾國藩、左宗棠、李鴻章等人，都是既為將帥，又是飽讀詩書的文才！

這些從大格局、大角度來思考戰略的人，實際上也繼承了兵家的思想，他們和儒、墨、道、法、名、陰陽等九流十家並列為思想家，因此並不是集中討論軍事，而是以對立衝突的角度來看待生存的挑戰，並從中尋求處世之道。於是，三國韜略也可以成為我們現代人認識生活的一種全新視角，讓我們在各種衝突的局面下，揣摩古人的手腕，相機而動，以化解衝突，終至取得豐碩的利益。

我愛貂蟬——介紹毛宗崗

最後讓我們一起來探討所謂的《毛評本》。清朝初年的學者毛宗崗是評點《三國演義》的大家。他希望能夠仿效金聖嘆之刪修《水許傳》來變更《三國演義》。於是他與父親毛綸共同著手增刪回目，同時也調整書中的情節。在文學與政治思想上，他援引了南宋朱熹《資治通鑒綱目》裡「尊劉黜曹」的觀念，同時加入時人評點的風氣。而如今我們所通行的《三國演義》大多是經過毛宗崗修改整理之後的版本。這個版本在每一回回目之後，正文之前，毛氏都寫上一段綜論性的文字來具體陳述他對於該回的省思與體會，其間頗有一些深刻的見地。我們就引述第八回，透過他對於貂蟬這個人物的理解，來看看這位十七世紀中國文人的女性觀，同時也藉此來認識他的回前總評。

首先，毛宗崗認為：十八路諸侯各懷鬼胎、離心離德，因此這麼多人，竟不能合力殺了董卓，最終卻是區區一個貂蟬，便足以殺之，這應該是對於十八路諸侯袞袞諸公的絕大諷刺！同時劉、關、張三人不能戰勝一個呂布，結果還是貂蟬一弱女子能勝之。貂蟬「以衽席為戰場，以脂粉為甲冑，以盼睞為戈矛，以嚬笑為弓矢，以甘言卑詞為運奇設伏，女將軍真可畏哉！」毛宗崗還針對這一回的故事，下了一個贊語：「司徒妙計高天下，只用美人不用兵。」

自古大美人有西施，有貂蟬，但毛氏認為：作為西施較容易，然而作為貂蟬卻很艱難。因為西施只需要哄得一個吳王開心；但是貂蟬卻需要做到一面要哄著董卓，轉過頭來又要哄呂布，一個人彷彿精神分裂，要使出兩副心腸，裝出兩副面孔，這實在很不容易呀！因此「我謂貂蟬之功，可書竹帛。」而且如果在董卓伏誅後，王允不激成李、郭之亂，那麼漢室國祚自此復安，則貂蟬一個弱女子，豈不是成就了國家大業！毛宗崗所謂的李郭之亂，是指董卓死後，朝政由王允主持，董卓的餘黨李傕、郭汜等人請求赦免，但是王允不准。李傕於是聽從謀士賈詡的建議，揚言要為董卓報仇，又號稱「奉國家以正天下」。於是他與同黨郭汜、張濟等人猛攻長安，不僅擊敗了呂布，並且殺了王允，控制京師長安、京畿七郡地區，以及涼州東部，在此期間他們挾持漢獻帝，總共把持了朝政四年（西元一九二－一九六年），隻手遮天，掌握了東漢王朝。後來李傕與郭汜反目成仇，自相殘殺，在關中一帶交戰，致使關中地區變成一片荒煙廢墟。毛宗崗認為，如果當初王允好好處理董卓餘黨的問題，那麼國家就能安定，而誅殺董卓的功勞，也將歸於貂蟬，到那時，貂蟬應該就是復興漢室功勞最大的人了！

此外，我們都聽說過元雜劇有一齣戲叫做《關大王月夜斬貂禪》，故事說道：呂布敗亡之後，張飛俘獲了貂禪，並且將她送給關羽。不久之後，關公夜讀《春秋》，因為書中有妖女禍國一說，於是他起意殺貂禪。我們來看《三國志．關羽傳》注引《蜀記》，當中記載，關羽和曹操一同攻打呂布，在作戰之前，關羽曾經向曹操要求擒殺呂布之後，希望曹操將呂布手下將領的妻子賞賜給他。曹操答應了，但是攻入城門之後，曹操看見那位將領的妻子很美麗，便不願意賞給關羽，而是自己留著。這件事情在《魏氏春秋》裡也有同樣的記載。因此後世民間文學便將這段史實改寫，最後出現了雜劇家作《斬貂》這個劇目。

然而毛宗崗卻很氣憤地說：「最恨今人，訛傳關公斬貂蟬之事。」他認為貂蟬不僅不應該被斬，而且世人應該表揚她的功績！他認為第八回最妙的地方是在董卓賜金安慰呂布的那一處細節。若沒有這一段故事來趨緩小說的節奏，那麼呂布刺殺董卓的行動，就不會在鳳儀亭那個尷尬的相遇場景之後。而且在鳳儀亭董卓打戟墮地之時，呂布如果要拾戟回刺董卓，那有何難？但是他卻急忙往外走，可見董卓賜金安慰呂布，還是起了作用。

而且連環計之妙，不單單在於消滅了董卓。假設董卓也是武藝高強的人，當他使狠命向呂布擲戟時，真的刺中了呂布，那麼傷到的其實也是董卓自身。因為董卓等於是自損一臂，一旦董卓沒有了呂布，那麼董卓也就不可怕了。毛宗崗認為這一切其實都在王允的算計之中，同時也未嘗不是在貂蟬的算計之中。所以說連環計很精彩！

王允答應將貂蟬嫁給呂布，難道是真的疼愛呂布？貂蟬願意嫁給呂布，難道也是真心愛呂布？毛宗崗斷言：「西子真心歸范蠡，貂蟬假意對溫侯」。毛氏還說了一句非常驚人的話：「貂蟬心中只有一王允爾。」原來與貂蟬真心相對的人是王允啊！

毛宗崗似乎很喜歡第八回，因為前面的故事都在敘述龍爭虎鬥，而故事來到這裡忽然出現燕語鶯聲，溫柔旖旎。好像在鏗鏘的鐃鈸聲響之後，忽然聽見玉簫動人的美；又像是在瘋狂的雷聲之後，突然望見了晴朗的明月。總之《三國演義》的文氣變化多端，每每令讀者應接不暇。世人都喜愛閱讀稗官，但是稗官之中要找到這麼精彩的妙筆，也確實不多見！讀者們若是喜歡，不妨取出原文繼續往下閱讀，相信一定能夠找到自己心目中最理想的故事。

國家圖書館出版品預行編目資料

三國大時代：三國演義／朱嘉雯著. -- 初版.
-- 臺北市：五南圖書出版股份有限公司,
2022.08
面； 公分
ISBN 978-626-343-127-0（平裝）

1.CST：三國演義 2.CST：研究考訂

857.4523 111011747

1XLN
【朱嘉雯經典小說思辨課3】

三國大時代：三國演義

作　　者 — 朱嘉雯（34.6）
發 行 人 — 楊榮川
總 經 理 — 楊士清
總 編 輯 — 楊秀麗
副總編輯 — 黃文瓊
責任編輯 — 吳雨潔
封面設計 — 姚孝慈
美術設計 — 姚孝慈
出 版 者 — 五南圖書出版股份有限公司
地　　址：106台北市大安區和平東路二段339號4樓
電　　話：(02)2705-5066　　傳　　真：(02)2706-6100
網　　址：https://www.wunan.com.tw
電子郵件：wunan@wunan.com.tw
劃撥帳號：01068953
戶　　名：五南圖書出版股份有限公司

法律顧問　林勝安律師事務所　林勝安律師

出版日期　2022年8月初版一刷
定　　價　新臺幣360元